豆田麦 ill. 花染なぎさ
愛さないといわれましても②
元魔王の伯爵令嬢は生真面目軍人に餌付けをされて幸せになる

ジェラルド
侯爵家の次男だが
軍の功績で子爵位も
賜っている
別名：血まみれ少佐《ブラッディ・メイジャー》
アビゲイル
前世魔王の伯爵令嬢
憧れの人間に転生し
豊かな食生活を
夢見る

「海風は冷えるだろう」
「……旦那様
森と同じ音がします」

「旦那様のです。
私が旦那様色の石
持ってるのと同じです！
一緒！」

愛さないといわれましても

元魔王の伯爵令嬢は生真面目軍人に餌付けをされて幸せになる

2

Aisanai to iwaremashitemo

豆田麦 ill. 花染なぎさ

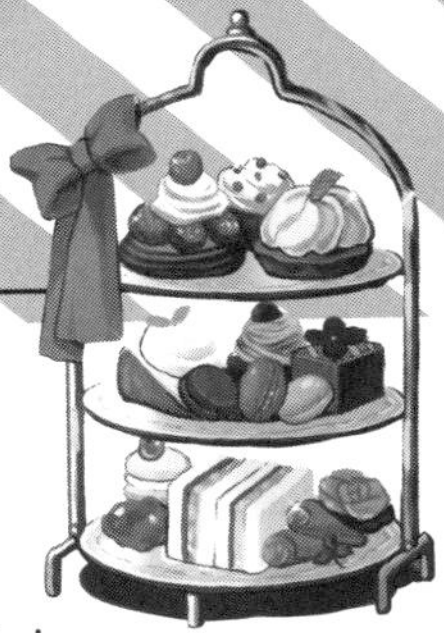

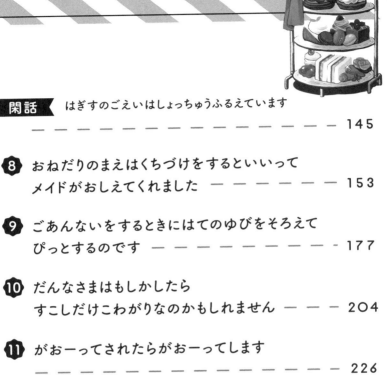

Contents

1 ちょっとしっぱいしても だいたいよければだいじょうぶです

魔王は誰かに何かを教えてもらうことはありませんでした。

今のアビゲイルに生まれ変わる前、魔王だった頃のことです。気がついたら岩と枯草ばかりのところにいた魔王は、魔法は勝手に使えましたし、何かを知る必要もなかったと思いますし、一緒に過ごすものもいなかったので。ずっとずーっと、多分とってもながいこと森に住んでいて、外に出たことはありません。ちょこっとだけ森の入り口から村のほうへ出たことはありますが、ほんのちょこっとだけなので出てないのと同じです。

ロングハースト伯爵令嬢のアビゲイルとして生まれてからは、一応令嬢なので家庭教師がついて読み書きとか令嬢の所作とかそういうのを習いました。こうしなさい、っていうのと、あとは本をくれておしまいです。私はこうしなさいって言われればちゃんとできますから、それで問題はありません。

でもタバサや義母上から教えてもらうのは全然違うのです。私と色んなお話をしながら教えてくれて、ちゃんとできたら褒めて喜んでくれました。ドレスのサイズ測るときの姿勢とか、布や石を顔や首のあたりにあてて色が合うかどうかを確認するとか、お出しするお料理の選び方や会場の飾りつけにはテーマを決めていくといいとか。色々です。私は綺麗だとか可愛いとかそういうのは、まだちょっとわかりませんけど、美味しいのはわかるのでちゃんと選べました。全部美味しかったです。

今日は半年かけて準備してきた結婚式とお披露目です。

旦那様の妻になって一年がたちますが、結婚式とお披露目はまだでした。だから旦那様の実家である侯爵家の王都邸《タウンハウス》で行うことになったのです。結婚式は王都で、お披露目は王都と領都の両方でやりますよって。今日は王都の分です。

きっとこの結婚式もお披露目も、ちゃんとできたら、タバサや義母上はいっぱい褒めて喜んでくれます。

それに、結婚式は旦那様がしたかったことなのでっ、妻の私はちゃんとお手伝いしたいので、ちゃんとこのお披露目が終わるまで、おすましとにっこりをしたいと、思ってて、だからちゃんと、いつも通りに、食べてもいいですよって、くらいのお料理しか、食べてないのに――。

「……アビゲイル？　どうした」

大きなケーキも食べて、ご挨拶回りもちゃんとして、招待客リストにあった人たちには、もう全部ご挨拶終わったはずで。ダンスをしている人たちもいれば、余興でお呼びした道化が色とりどりのいくつものボールを操るのとか、あ、すごい。ああ、でも、あともうちょっとしたら新郎新婦は退場してもいいくらいのはずだからっ、あともうちょっと。

「お、おい、アビゲイル、アビー？」

旦那様がそっと抱き寄せてくれました。ちょっと慌てた小声です。旦那様が抱えてくれるこの場所はいい場所で――おなか、いたい……。

◆◆◆

侯爵家の王都邸は、プライベート用の東棟と客をもてなすための西棟で分かれている。披露目を行っていた広間は当然もてなし用の西棟で、そこの喧騒はこの部屋がある東棟までは届かない。

化粧をしていてもわかるほど血の気がひいた顔に気づいた時は、久しぶりに慌てた。以前はよく体調をいきなり崩してたし、そういう時はいつの間にかどこかに隠れに行ってしまってたものだけれど。僅かに足元をふらつかせながらも習った通りに花嫁らしく振る舞っているアビゲイルを、待ちきれないとばかりな新郎の表情をつくって広間から連れ出した。そのまますぐに抱き上げれば、緊張がほどけたように体を預けて額を肩にすり寄せてきたから、随分と頑張ったのだろう。

まあ、新郎新婦は元々途中退場するものだし、あとは母たちが引き受けてくれているから問題などない。

化粧を落とされて寝台で眠っているアビゲイルの顔色は、やっと少しよくなってきてはいるけれど、まだ唇に色がない。頬と首にかかる髪を、左手で撫でながら耳の後ろへ流してやった。右手はアビゲイルが袖口をしっかり握ってるままだから動かせない。艶のある赤髪よりも濃い赤の、真っ直ぐな長いまつ毛がふるりと揺れて、ぼんやりと焦点の合わない金色の瞳が薄く覗いて見えた。

「……だん、なさま」

「起きたか。具合はどうだ？」

ゆっくりと目を瞬かせながらも、じっと動かないまま記憶をたどっている。そのうち「あ」と呟いて、少し眉が下がった。

「旦那様、私失敗しましたか。どうしてでしょう。ごはん食べすぎてないのに」

「いいや。失敗してないぞ。頑張ったな」

「はい。がんばりましたけども」

頬を撫でてやれば、その手を小さな手で掴んで、ひとしきり頬ずりしてから、そっと自分のつむじに導いた。そうか。そこもか。うん。頑張ったもんな。要望通りに巻きのまだ残る髪を梳きながら撫でる。手入れの行き届いた髪が滑らかで心地よい。

「ドレス替えた時に、コルセットも締めなおしただろう？　タバサがいなくて侯爵家の侍女にしてもらったんだってな」

「……お着替えはタバサではなかったです」

「うん。タバサは忙しかったからな。いつもよりコルセットがきつかったみたいだ」

アビゲイルは普段コルセットをしていない。必要ないほど細いのもあるが、見栄えよりも健康を優先していた。確かにうちに来たばかりの一年前よりはずっと健康になっているけれど、それは当初と比較しての話であって、いまだに虚弱ではあるのだ。何故か本人は絶好調の元気いっぱいになっていると思っているが。

だからコルセットをする時には、整う程度にしか締めていないし、今日もそうしていたと聞いている。それなのにドレスだけを着替える予定のはずが、大抵の貴族女性はぎちぎちに締めるものだと気をまわした侍女が締めなおしていたと。倒れたアビゲイルの着替えをさせたタバサが静かに怒っていた。

「旦那様がしたかった結婚式になりましたか」

「ああ、俺の妻はさすがに有能だ。ありがとう」

「はい！」

満足気にくふんと小さく鼻を鳴らし、アビゲイルはもぞもぞと寝台の奥へとずれて俺との間を空けた。

「どうした？」

「ご褒美を！」

「お、おう」

寝台に少し乗り出して、いつも通り額に口づければ、ぽんぽんと自分がずれて空いた場所を叩いて違うという。あー、いやまあな、そりゃあ俺も初夜のやり直しを目論んでた。ああ、そうだとも。でもさすがにこの状態でそれはない。ないのに、そうこられるとだな。そんなに目をきらっきらさせられてもな！　あー！　もう！


寝台の空いた場所に滑り込んで、たおやかな首と枕の間に腕を通して。

軽く触れるだけの口づけを唇にひとつ、瞼にひとつ、頬にひとつ。

うっすら上がった口角にひとつ。

真っ直ぐに俺の目をとらえたままの金色が、うっとりと溶けていく。

鼻と鼻を軽く擦り合わせて、またひとつ、ふたつ、唇をついばむ。

ほぉっと、好みのハーブティを堪能する時のため息をついたと思えば、すやぁっと安らかな寝息が続いた。


だろうな！　うん！　わかってた！

◆◆◆

王都でのお披露目はちょっと失敗しました。

旦那様は失敗じゃないって言ってくださいましたからいいのですけど、やっぱりちょっとだけ失敗だったと思います。本当なら領地でのお披露目のために義父上《ちちうえ》たちと一緒に向かうはずだったのに、おなかを痛くしてしまったばかりに私たちだけ一日出発を遅らせたのですから。今度コルセットをタバサ以外が締めるときは、ふんっておなかに力を入れることにします。私は同じ失敗をしないのです。

半年ほど前にドリューウェット領へ向かったときは金色だった麦畑も、見渡す限り春の緑色です。

予定より一日遅れてしまいましたけれど、ちゃんとお披露目の日までゆとりはあるので、前と同じにゆっくり馬車で向かっています。旦那様と二人一緒の馬車で、ロドニーとタバサは別の馬車です。家令のイーサンは今回もお留守番で残念ですが、お土産を持って帰ろうって旦那様が言うのでそうしようと思います。何がいいか帰るまでにきちんと考えなければなりません。

向かいの座席に足をのせて寛ぐ旦那様の膝の上から眺める窓の向こうは、麦畑から草原へと変わっていきます。なんだか四角い感じの動物がたくさんいて、それらはのんびりと草を食んでいるようでした。図鑑で見たことあります。あれはもしかして。

「旦那様！　あれ！　あれが牛ですか⁉　白黒のと茶色のがいます！」

「牛だな」

「ほっぺの美味しい牛ですか」

「えーっと、多分、茶色のがそう、かな。確か……」

「茶色がほっぺの美味しい牛……色で違うんですね……さすが人間の牛。角もちっちゃい」

「何と比べてる。牛っぽい魔物ってなにかいたか……？」

「泥蝸牛《マッドコクリア》います」

「大きくくったな⁉　……角の形は似てる、かもしれない、か？」

泥蝸牛は沼地にいる六つ足の魔物です。天を突くような角が大きく飛び出てて、背中に岩をいくつも乗せたみたいに背骨が連なってますけど、体の他の部分はぬるぬるしてるのです。あれはぐにぐにしてて美味しくありません。牛ならイーサンも好きでしょうか。

「旦那様旦那様」

「おう」

「お土産に牛はどうでしょう」

「おみやげにうし」

旦那様は馬車の窓の外に目を向けて、それからまた私を見て。

「お披露目の後は新婚旅行だ。王都に戻るまでに時間もたっぷりある。ゆっくり考えて選ぶといい。他にもきっと色々あるぞ」

確かにその通りです。新婚旅行はドリューウェット領都から馬車で三日ほどの港町で過ごすのです。初めての海ですし、きっと見たことないものもたくさんあるに違いありません。窓の外に見える牛たちの動きはとてものんびりとしています。飼われているからでしょうか。野生ならすぐに食べられてしまうにきまってます。

「はい。牛は歩くの遅そうですから帰りにします」

「やっぱり一頭丸ごとか。うん、じっくりよく考えてくれ」

ドリューウェットのお城まで馬車で六日の予定ですから、途中は宿場町でお泊りします。前に行ったときにも寄ったこの町は、酪農で栄えてると習いました。さっき見た牛たちもこの町の牛だそうです。

ロングハーストも豊かな領だったはずですが、ドリューウェットより小さな土地でしたので、酪農はそれほど盛んになりませんでした。といいますか、あそこは領地面積こそ伯爵領としてそこその広さはありましたけど、魔王の森が大きく占めていて、人間の手が入っている部分はさほど大きくないのです。他領に比べて人口も少ないですし。畑の大きさの割に多い収穫量が豊かさの理由です。あと小さめの鉱山もありました。領地経営のお手伝いしてましたからね。知ってます。

ドリューウェットは土地もたくさんあるし、海もあるし、人間もいっぱいいるそうです。だからきっと色々なものがあちこちにあるのでしょう。葡萄とかサーモン・ジャーキーとか。

今日お泊りする宿は一階が食堂ですが、前にお泊りしたときはお部屋でごはんを食べました。食堂は平民が多くて賑やかすぎるからって。ちょっと遅い時間に到着したのですが、本当に賑やかです。香ばしいスパイスや脂の焼ける匂いがこもっています。美味しそうな匂い。

「旦那様旦那様あれはなんですか」

「ピザのことか？　あー、そういえば屋敷で出たことなかったか」

ホールからカウンター越しに厨房が見えるのです。料理人がぽーんぽーんって白いタオルみたいなのを空中で回してます。何故厨房でタオル干しますか。あ、くるくるってしました！　くるくるって！　え、あのタオルどんどん大きくなる！

気がついたら厨房のよく見えるテーブルについてました。いつのまに。旦那様がもう注文もしてくださったみたいです。傷だらけだけど磨かれてがっしりとした丸テーブルの向かいではなく、私の横に座った旦那様が「食べたいんだろう？」と笑いました。タバサたちは違うテーブルにいます。

「タオルです」

「ピザだ」

タオルじゃないらしいです。あれはピザ。パンの薄い奴だって教えてくださいました。

葉っぱがしゃきしゃきのサラダと、玉ねぎのスープをいただきながら、ピザが来るのを待ってると、旦那様の両手でも隠れないくらい大きな木のお皿が来ました。え、大きい。あ、でも薄い。ほかほかで湯気が立っています。薄黄色のはチーズ？　チーズの匂い！　とろとろに広がったチーズの下から覗いている赤いのはきっとトマトで、あっ、ベーコンもある！　テーブルの真ん中に置かれたピザの上に、金属の丸い車輪を旦那様がころころと滑らせます。なんですかそれ！カッター？　転がるそれをじっと見ていたら、私もやらせてもらえました。でも切れてるんでしょうか。車輪型の刃が通り過ぎたところにまたチーズが流れて、切れてるのかどうかわかりません。教えられた通りに車輪を滑らせ終えると、旦那様は私の取り皿に一切れ取り分けて、わぁ、チーズがとろーんって伸びます！　切れてました！

「手で持って食べていいぞ」

三角になったピザをぱくりと食べて見せてくれた旦那様は、な？　と親指で口元を拭います。お行儀は気にしなくていいってことです。湯気も収まったのできっと熱くないだろうと、私もピザを持っ……あっあっチーズがっチーズが落ちます！　慌ててピザの先から口にいれたのですけど、伸びます。ピザと口の間のチーズが伸びます。これ、どうやったらこの伸びたチーズを口にいれられるでしょうか……。

動けなくなっていましたら、横を向いて震えてた旦那様が、伸びたチーズをフォークですくってくれました。そのチーズはそのまま私の口に入ります。美味しい！　とろとろだったのに、ぎゅっとした歯ごたえもあります。トマトはドライトマトですきっと。濃い甘みでほっぺがきゅうってして、ベーコンの脂でまろやか！　トマトソースは多分色々スパイスとかハーブ入ってます。にんにくが入ってるのはわかりました。

「美味いか」

「ふぁい！」

もう一枚きっと食べられると思いますって言ったら、「デザートのアップルパイが入らなくなるぞ」って、それは！　とても困ります！

◆◆◆

ドリューウェット領地近くにある森で、いったん小休憩をとる。帰郷する時はいつも素通りしていたそこは、俺が子どもの頃に保護した小鳥《ピヨちゃん》を帰した場所だ。半年前のドリューウェットから王都への帰り道で、まさかの再会をした。アビゲイルがいなかったら、あれがピヨちゃんだと気づけた自信はない。ごく普通の小鳥だと思っていたのが、実は錆緑柱鶫《ラストベリルスラッシュ》という魔物で、その上森のボスになっていると予想できる奴がいるものか。

「いそいそとまあ……」

「春にまた来るって約束したんだから仕方ないだろ」

今朝出発した宿で用意してもらった弁当を荷馬車から出していると、ロドニーに冷やかされた。

俺たち人間の分はロドニーとタバサが広げ、俺が包みをほどいているのはピヨちゃん用だ。ピヨちゃんが小鳥の頃に好物だった赤岩熊の生肉は秋にしか出回らないからその干し肉を、それと牛の生肉を塊で用意した。牛肉も確か気に入ってたはずだ。

「旦那様がお手伝い！　あ、ゆでたまご。私も！　私もお手伝いをします！」

「あ」

アビゲイルが駆け寄ると同時に、ロドニーの手元のゆで卵を素早く手にして頭突きをした。コッと小さな音はしたけれど卵にはヒビひとつ入っていない。ほんとに予備動作ないな⁉

「……あれっ痛い」

「――っ、アビー、た、卵に頭をぶつけるんじゃなくて、頭に卵をぶつけた方がだな」

「ぶふっ、お、奥様、卵のてっぺんじゃなくて腹の方がいいですかねー」

「はい！　……たまごのおなか？」

卵を高々と上げて果敢に再挑戦しようとするアビゲイルの手を、よろめきながらもタバサが止めた。

「そういうことではありません！　おく、奥様、卵は頭を使わないで割りましょうか」

「でもお爺はいつもお弁当の卵をこうして」

お爺って庭師のボブ爺さんか。仲いいもんな。頭を使わないでって……くそっわき腹震えるぞ……。ロドニーは護衛たちの分の弁当が入っている木箱に頭を押し当てて、ふらふらしつつ配りに行った。アビゲイルはタバサから教わった通りに、木箱の角で割った卵の殻をちまちまと剥いている。

「そういえばピヨちゃんって前は勝手に来たよな……呼んだりとかしなくても来るのか？」

「もう向かってきてます」

「お、おう」

前回ピヨちゃんが飛んできた方角を見ても――あー、あれか。ゴマ粒みたいなのが飛んでるな。

「君がわかるのはいまさらだが、ピヨちゃんもよくわかるな」

「ピヨちゃん、ボスですから」

「なるほど……」

よくわからんがアビゲイルが言うのならそういうものなのだろうと思う。そうこうしているうちに空のゴマ粒はどんどんでかく迫ってくる。

「旦那様旦那様！　抱っこを！　抱っこを！」

剥き終わった卵を手にしたままのアビゲイルを抱き上げたところで、その巨体に見合わぬ静けさでピヨちゃんが目の前に舞い降りた。

「ピヨッ」

「元気にしてたか」

撫でてくれと頭を傾けるピヨちゃんへ手を伸ばすと、アビゲイルは横からその手をとって自分のつむじに持っていく。あ、うん。先に撫でてやれば満足気にゆで卵を食べだしたから、改めてピヨちゃんのふわふわの羽毛に手を埋めた。

「ピヨちゃん、肉持ってきたぞって……え」

じっくり手触りを堪能しながら声をかけると、ピヨちゃんの首元からずいっと小鳥が顔を出す。地味な茶色で斑《まだら》の小鳥は、俺の手のひらに少し余る程度の大きさしかない。ピヨちゃんの子どもかと思えば、アビゲイルがそれは番《つがい》だという。

「旦那様に番を紹介しにきたのです。お行儀いいですね」

「つがい……ピヨちゃん……そんな小さくていいのか」

「ピヨッ」

じっと俺の手元を見つめながら、ぱかりとアビゲイルの口が開いた。

「……ゆで卵まだ入ってるだろう」

「順番です！　私が先です！」

「ロドニー、水か茶を」

赤岩熊の干し肉のかけらを口に入れてやると、よしとばかりに頷かれる。ピヨちゃんにも与えていいらしい。ゆで卵はまだ半分も食べきれていない。いつも丸ごと一個は食べてないからな……というか卵剥くのはお手伝いじゃなかったのか。

「ちゃんと、番が、おっきくなるように、育てて、ます」

「ピヨッ」

「は⁉」

口の中がパサつくのか喋りにくそうに告げるそれはつまり、俺が赤岩熊の肉を与えたばかりに大きくなったのと同じことを――ピヨちゃんは俺の手から素早く干し肉を奪い、番の小鳥に口移しで与えた。ぴっぴよと不器用に鳴きながら干し肉を咀嚼する小鳥の頭を、ピヨちゃんはせっせと毛づくろいをしている。

「やっぱ飼い主に似て……」

「うるさいぞロドニー。いいから茶をいれろ」

「そういうとこー！」

何がだ。アビゲイルが喉つまりするだろう！

❷ ほうこくはだいじなおしごとですので

今日はドリューウェットのお城でお披露目です。

王都でのお披露目は、ドリューウェット家とお付き合いのある貴族と、旦那様とお仕事を一緒にされている軍の方たちが中心でした。今日はドリューウェットの親族や、領に拠点を置く商家とかの有力者が中心です。ちゃんと招待客リストは全部覚えました。だからこの目の前にいる人たちのことも覚えています。さっきご挨拶もしましたし。

「ふぅん……」

私より少し背の高いこの方は、パティ・グレン子爵令嬢です。義母上の妹の娘だから、旦那様の従妹だと聞きました。義母上よりも薄い色の金髪で、つんっておすましながら私を頭からつま先まで何度も視線を往復させています。パティ様の後ろでは令嬢がお二人、男爵令嬢と商家の令嬢がくすくす笑いをしてますけど、何がおかしいのかはちょっとわかりません。というか、さっきご挨拶したのになんでこんなにまたじっくり見るのでしょう。目が悪いですか。

今日のドレスはエンパイアドレスですし、コルセットだってタバサがしてくれましたから、私はとても元気です。お花のお肉も大きなケーキも食べて、果実水も少し飲みすぎちゃってお手洗いにきたくらいなのです。だからおかしいとこはないはずです。なのに温室《コンサバトリー》のある大広間に戻ろうと廊下を進んでいるところで、お出迎えをされました。口元を隠して広げた扇の上で、パティ様の目が弓なりに細められます。

「ジェラルド兄様もおかわいそうに。政略とはいえ、ねぇ？」

パティ様は確か十九歳で、旦那様のみっつ年下です。だから兄様なのでしょうか。でも旦那様とはあんまり似ていませんし、レンガ色の瞳にも魔力の多さは見て取れません。私のほうがつよいです。

「まあ、政略といっても？　没落したのでしょう？　伯爵令嬢とはいえ、元、ではねぇ」

この廊下も温室も窓が大きいので、ここから温室の中が見えます。大広間と温室の間はガラス戸で普段は仕切られていますけど、今は開放されているので大広間までもよく見えるのです。旦那様の背中も見えました。お年を召した男性とお話ししているようです。あれは確か領都で人気のレストランオーナーだったと思います。旦那様のちょっと後ろで控えてるロドニーと目が合いました。小さく手を振ってくれたので振り返します。

「聞いてらっしゃる⁉」

「はい」

お話は聞いてますけども、私のお返事が欲しそうでもなかったから黙ってましたのに駄目だったみたいです。

最近気がついたのですが、もしかして私は社交での会話術というのがあんまり上手ではないのかもしれません。タバサや義母上とはちゃんとお話しできるので、できてると思ってました。義母上と仲の良いご婦人たちとも上手にお話しできますけど、もしかしたら上手なのは私ではなくてご婦人たちのような気がします。もしかしたらですけど。きっと会話術はとても難しい。だからパティ様もまだお勉強中なのではないでしょうか。

「難しいですよね」

「何がよ！」

あら？　ロドニーが左手に持った小皿を、指先を揃えた右手で示してにっこりしてます。


……お肉？


王都でのお披露目でお出しした料理は全部味見をしましたけれど、ここでのお料理はステラ様が選んでくださいました。だから全部は私も知らないのです。あれはなんでしょうか。一口サイズのお肉だと、あ！　断面に白い丸と黄色の丸！　あれはゆで卵だけど、小さいゆで卵！　小さいゆで卵の入ったミートローフだと思います！　さっきはテーブルにありませんでした。小さい卵だからいっぱいないのかもしれません。大変です。ここは中座するときの上手な文句を言うところです。習いました！

「没落した以上、ねぇ？　わきまえたらいかがかと思いますのよ？」

「あのっ、私ちょっとお花を摘みに」

「あなた今戻ってきたところでしょう！　わかりやすすぎではなくて⁉」

パティ様がぐいっと身を乗り出したので、ロドニーが見えなくなりました。ロドニーならきっとあのお皿はとっておいてくれてると思うのですけど。でも美味しそうだったし。パティ様は何を言いたいのかよくわかりませんし。

廊下は広いですから、令嬢が三人並んでいても横をすり抜けることはできます。でもそれはお行儀悪いでしょうか。どうしましょうかと見上げると、パティ様はふふんと鼻で笑いました。振り向いてみましたけど、廊下にはほかに誰もいません。

「ジェラルド兄様はね、昔から私をかわいがってくださってたの。もう政略の意味もなくなったのですもの。すぐにでも私を妻としてお迎えになりたいに決まってますわ」

あら？　第二夫人を迎えられるのは王族と公爵だけだと習いました。だから義母は私の実母が亡くなるまではお側妻《そばめ》だったはずです。

「パティ様は旦那様のお側妻になりたいのですか？」

「はぁ!?　あっあなた」

パティ様は硬直したせいか、ふらりと後じさりして、あ！　いい感じに隙間できました！

「わかりました！　旦那様にきいてみます！」

「ちょっ」

おすましとにっこりで、するりとパティ様たちの横を通り過ぎます。やりました。これで問題なく広間に戻れるので——あ。

何かが足首にあたりました。勢いがついてしまっていたのか、ぐんっと床が近づいてきます。

でも大丈夫。将軍閣下と旦那様が訓練で手合わせしていたところが脳裏に浮かびました。

くいっと肩を抱きこむように丸めて！　体も丸めて！　膝も抱えて！　勢いはそのままに、流れるように！

ぴたっとしゃがんだ姿勢で止まると、目の前にぴかぴかのブーツの先が見えました。顔を上げたら、目を丸くした旦那様とロドニーが。

「できました！」

「すごいな⁉」

◆◆◆

最近覚えたらしい花摘みの言い回しを元気よく宣言して広間を出て行ったアビゲイルを、化粧室へ続く廊下が見える温室あたりで待っていれば、領都で流行のレストランをいくつか営む実業家に声をかけられた。それとない探りのような立て板に水の機嫌伺いを受け流す。爵位はあっても領地を持たない次男に媚びたところで、たいした益にもならないだろうに。

「主《あるじ》、奥様がグレン子爵令嬢に絡まれてます」

ロドニーの耳打ちに、はぁ？　と漏れ出そうになった声を飲み込んで、そつなくその場を切り上げた。ロドニーの目配せの先、広間へ続く廊下が見える窓の向こうには令嬢数人の後ろ姿。

「なんであんなところで立ち止まってるのかと思ったんですけどねー奥様の好きそうな料理見せたのに動かないってことは動けないんじゃないですかねー」

どこか声を弾ませてるロドニーは、完全に面白がっている。そりゃあうちの小鳥はたくましいしな……。母方の従妹であるパティ・グレン子爵令嬢と顔を合わせたのは数年ぶりだったか、最後に会ったのはいつだったかも思い出せない。

「あれがなんだってアビゲイルにちょっかいを出すんだ」

「僻みとかじゃないですかー？ 小耳に挟んだんですけど、十九歳にもなろうというのに見合いにすらたどり着く気配もないらしいですよー」

「ああ……」

「昔から根性悪かったですし？ なるべくしてなったというか？」

広間から出た途端に、あはっと快活に毒を吐くロドニーに苦笑が漏れる。主に兄に対してではあったけれど、俺や兄には科《しな》を作ってまとわりつくのに、ロドニーや使用人に対しては当たりが強かったんだよな。乳兄弟をコケにされて気分のいいわけがないだろうに、その浅はかさに嫌悪感が湧いたのを思い出す。

角を曲がったその先で、ちょうど令嬢たちが二手にわかれて空けた道を通り抜けるアビゲイルが見えた。同時に見覚えのない令嬢のドレスの先から伸びたつま先が、アビゲイルの足を掬う。

倒れかける体を支えようと駆け寄ったはいいが——見事な飛び込み前転に急停止させられた。はぁ⁉　え？　ドレスで⁉

「できました！」

「すごいな⁉」

　両手をぴっと前に伸ばし、しゃがんだままぴたりと静止して報告されれば、そりゃとりあえず褒めるけれど、後ろではロドニーが激しく咳込んでいた。やめろ。俺までわき腹が痛くなってくる。

「きれいに決まってたが、どこかひねったり打ったりはしていないか？」

　差し出した俺の手をとるアビゲイルは、ダンスの誘いを受ける時のおすまし顔で、立ち上がり方は妙に優美だ。ロドニーはもう咽せてるといっていい。少し首を傾げながら手を握っては開き、軽く足踏みをしてから大丈夫だと俺の問いかけに頷いた。

「よし、おいで」

　すんなり抱き上げられて俺の腕のいつもの定位置に収まるなり、きりりとした報告を続ける。

「旦那様。パティ様が旦那様のお側妻になりたいそうです！」

「あ゛あ？」

「ちょ‼」

　パティは慌てた声を上げるが、連れらしき女たちはびくりと肩を揺らしてお互いの身を寄せ合った。

「やめてよ！　ジェラルド兄様！　嘘よそんなの！」

「アビゲイル、側妻の意味はわかっているか？」

言葉通りの意味はわかっているとは思うが一応確認してみると、当たり前だとばかりに姿勢を正した。

「お側妻も妻の仕事をする人です。旦那様はすぐにでもパティ様を妻としてお迎えになりたいはずだって、パティ様はおっしゃいました。でも妻は私ですから、パティ様はお側妻です」

「お、おう」

「ちょっとなんなのこの人！　ジェラルド兄様！」

また説明しにくい微妙な理解をしてるな⁉　どこでこういう中途半端な理解をしてくるんだ。

「アビゲイル、アビー？　俺は君だけがいればいいから、側妻は要らないぞ」

「はい！　――パティ様、要らないそうです」

しっかりと俺の目を見て頷いた後に、パティに視線をうつし、なんの感情ものせない顔でただ事実だけを告げた。感情というか、なんとも思ってない顔だなこれ。パティの顔がみるみる真っ赤になって屈辱に歪んでいく。ロドニーは少し静かになったかと思いきや、ひきつけを起こさんばかりになっていただけだった。

「ロドニー、大丈夫ですか。さっきのお料理はちっちゃい卵のミートローフでしたか」

「――っげほっけほっ、し、失礼しました。さすが奥様、この距離でしっかり見え、っく、ましたか。ちゃんととっておいてあります、からね」

「はい！」

俺の肩越しに交わされたロドニーの返事に満足した様子で、さあ戻ろうと俺の襟をつまんでひいてくる。まあ待てと背中を軽く叩いて宥め、パティとその取り巻きであろう女二人の顔を順に見下ろせば、二人はさらに身を寄せ合い、パティは上目遣いに目を潤ませた。なんだそれ。

「パティ・グレン子爵令嬢」

「……ジェラルド兄様？」

「今日のこの会は何の披露目なのか理解してないようだな。こんな場で、よりにもよって俺の妻に虚言を投げつけるとはどういうつもりだ。ただの子爵令嬢が子爵夫人に対して許される振る舞いだとでも思ってるのか」

「や、やだ。ジェラルド兄様ったら」

「気安く呼ぶな。後ほど、ノエル家からグレン子爵家に正式な抗議を送る。ああ、君たちもだ。子爵夫人に対してわざと足をかけたのだからな」

ロドニーに目配せをすれば、心得たとの大仰な礼が返る。俺は知らんがロドニーは女二人の身元をおさえてるだろう。わざと見せつけた俺たちのやりとりに、女二人はひっと息を飲み込んだ。かろうじて謝罪を絞りだそうとしているようだが声になっていない。パティは口元を引きつらせながらなおもまだ食い下がろうとする。

「どうしちゃったの！　従妹じゃない！　小さな頃から仲良く」

「仲良くした覚えはない。人前で恥をかかされたくなければ、このまま控室で親が戻るのを待っていろ」

記憶の改ざんでもしてるかのような口ぶりに、嫌悪感が募る。昔からこの従妹はこうだ。パティの母親も同じようなタイプだから、治るものでもないんだろう。姉である母ですら何かと口実をつけてこの母娘を敬遠し続けているというのに、全く堪えてないあたりが救えない。縋るように伸ばされた手を躱して、踵を返した。

責任の擦り付け合いをしているのであろう囁き声が、背後から追ってくるけれど付き合う義理もない。

「一体何をどう見たらあんなつけあがり方ができるんだか」

王都での披露目と同様に、俺は今日もしっかり仲睦まじく振る舞っていたはずだ。

「まあ、周りを見る知恵があれば、とっくにどこか嫁ぎ先くらい見つかってますしー。あんな崖っぷちになんて、はなからいませんよー」

「崖は高いから楽しいです」

「あー、奥様高いところ好きですもんねーでも木登りはもうやめてくださいねー」

「ちょっと待て。なんだ木登りって」

「屋敷の南側にちょうどいい木があります」

ちょうどいいとかいう木が、どれだけ登りやすくいい感じなのかを聞きながら、旅行の道中に高いところはなかったかどうか脳内の地図を確認した。ほんと目を離すと何するかわからんな！

◆◆◆

旦那様は広間の手前で私を降ろして、大丈夫だな？　と確認しました。大丈夫です。どこも痛くありません。上手にできましたし、ロドニーがとっておいてくれたちっちゃな卵の入ったお肉を食べなくてはなりません。

エスコートをされて目的のテーブルに向かうと、ステラ様とスチュアート様を何人かが囲って歓談していました。……ステラ様は深い赤の飲み物を持っています。あれはお酒だと思うのですが、いいのでしょうか。

「どうした？」

旦那様が差し出してくださった小皿には、白と黄色が綺麗な丸をのぞかせるお肉が載っています。これはちっちゃい卵なので一口で食べられるのです。普通の卵が入ったお肉だとすぐにおなかいっぱいになっていけません。これはちょうどいい。

ステラ様、今はグラスに口をつけずに持っているだけですけれども。

「アビゲイル？」

どうしましょう。ここはドリューウェットのお城です。王都のノエル邸ではありません。天恵《ギフト》のこととか魔力のこととか普通の人間はわからないことを、お外で言っちゃいけないって約束しました。約束はしたのですが、どれがそうなのか私はまだちょっとわかってないらしいのです。

でも、お披露目で出すお食事とか飲み物のことは、義母上から習いました。苦手だったり食べられなかったり、お酒を飲めなかったりする人のために、色んなお料理や飲み物を用意しますって。それなのになんでステラ様はお酒持ってるのでしょう。お酒じゃないのでしょうか。

「……アビゲイル、俺にだけ聞こえるように言えるか？」

こっそり内緒話なら大丈夫ってことですね！　やっぱり旦那様はすごい。すぐわかってくださいます。旦那様はかがんでくれますけど、私も背伸びして旦那様の耳元でお話しします。

「ステラ様の持ってるのはお酒ですよね？　おなかに子がいるときは、お酒を飲んだらダメって習いました」

「お、おう？　あーっと、ステラ義姉上がか？　それ、義姉上か誰かから聞いたのか？」

「お酒はダメって義母上から習いました」

「いやそこでなく、その、子がいることだ」

「見たらわかります。おなかの中にステラ様のと違う魔力あります」

「――あー、わかった。うーん……兄上でいいか、ちょっと兄上に言ってくるから、ここで待ってなさい」

「はい！」

旦那様がお兄様であるスチュアート様のそばにいって耳打ちをすると、スチュアート様はすごく驚いた顔をしてステラ様からそっとグラスをとりあげました。やっぱりお酒だったのです。一昨日の夜にはもうステラ様のおなかに違う魔力あったのですけど、誰も気がついていなかったのでしょう。よく見たらわかりますが、これはお外で言っちゃいけないことで合ってたみたいです。旦那様が内緒の声で聞いてくれてよかったです。

ちっちゃい卵のお肉はやっぱり一口で食べられました。口の中でほろっとほどけた卵が、お肉とまざって柔らかい味になります。美味しい！

◆◆◆

新婚旅行は、この領都から馬車で三日ほどの港町で過ごすことにした。海を見たことがないというアビゲイルのために選んだ場所だ。本当ならもっと南の海に連れて行きたかったが、栄えていて治安のいい港町となると、選択肢はさほどない。最適なのがそこだった。

昨日の披露目は何事もなく終え、無事予定通り出立する俺たちの見送りだと、両親や兄一家が馬車まで来てくれている。

「あびーちゃん！　ぼくもです！」

父がアビゲイルを抱擁し、母がアビゲイルと頬を合わせてと、そのたびに甥のサミュエルが同じことをせがむ。俺の後ろで、ロドニーが「大人げないですよっ」と囁くけれど、何も言ってないし何もしてないだろ！　うるさい！

「アビゲイル、君のおかげでステラに早くから気を配れるよ。ありがとう」

両手を包んで礼を告げる兄のスチュアートを、アビゲイルは心当たりがない感いっぱいの顔で見上げている。

ステラ義姉上の妊娠は、披露目が終わった後でまだ確定ではないとしつつもほぼ間違いないだろうと医者の診断を受けたそうだ。嫡男のサミュエルはもうすぐ四歳を迎える。うちの両親が何も言わないとはいえ、それでも二人目のことで耳障りなことを抜かす周囲はいたらしい。そういう意味でも待ち望んだ知らせだったのだろう。義姉上は満面の笑みで、アビゲイルと頬を寄せた。

「ふふっ、ドリューウェットの男性が過保護なのは血筋なのかしらね」

サミュエルだって安産だったのにという義姉上に、アビゲイルが首を傾げる。

「その子、魔力がすごく多くて強い子です。ユスリナの葉は今時期この辺りに生えてないのですが、スチュアート様はとりにいかなくていいのですか」

「……え？」

「ステラ様の魔力量では、その子が腹で大きくなるほど支えきれなくてステラ様の体は弱ります。だからユスリナの葉を食べないといけません」

「待って、待って、アビゲイル様、ユスリナって、え？」

確かに魔力量の差が大きいと母体に負担がかかるというし、俺も難産だったと聞いているが。

——ああ、アビゲイルがあの顔をして、淡々と告げる。

間近で顔を合わせている義姉上は、気圧されたように棒立ちのままだ。

「食べないとステラ様は死んじゃいます」

「アビー」

抱き上げて目を合わせれば、すぅっといつものアビゲイルの表情に戻った。

「ユスリナって、夏場に割とよく見かける雑草のユスリナのことか」

「はい。魔物もそういうとき、雄はユスリナを探しに行きます。今時期だと、うーん、あっちの山のふもとにあります」

大雑把に指さした南の方角には、間違いなく小さめの山が馬車で四日ほどのところにある。ロッサリー山だったか。

「食べれば、無事に出産できるか？」

「そういう草なので」

「よし――よく教えてくれた。ありがとう」

いつものようにつむじに口づけを落とすと、アビゲイルは満足気にくふんと鼻を鳴らした。


義姉上から手渡されたナッツのマシュマロバーをちまちまと齧りながら、馬車の窓の外を眺めるアビゲイルはご機嫌だ。美味しいらしい。

ユスリナの食べ方や必要な量を聞き出すのに時間をとられたが、今日泊まる予定だった宿まではなんとかたどり着けるだろう。どうやら人間も当然知っているものだと思っていたらしいアビゲイルは、兄の食いつきのよさにのけぞっていた。

夫婦や母子の魔力量の差が、子の出来やすさや出産時の危険性に関わってくることは、よく知られている。魔力量があまりない平民では関係ない話だが、魔力量の多さを重視する貴族にとっては切実な問題だった。対処法のなかったそれが、まさかその辺に生えている雑草で解決するとか誰が思う。そりゃ貴族がわざわざそんな薬草でもなんでもない雑草を食べてみるわけがない。

真偽は出産後までわかりはしないが、アビゲイルの言うことだし、おそらく有効だ。義姉上の出産で、ユスリナの効果が証明されれば結構な騒ぎになるのは目に見えているけれど、それは多分、まあ、父や母がなんとかするだろう……きっと。

つやつやの真っ赤な髪を指に絡めて手遊びしていると、ふと何かを思いついたような顔で膝の中のアビゲイルが目を上げた。

「旦那様」

「ん？」

「人間の発情期っていつですか」

「んんんっ？」

閨教育受けたって言ってたよな⁉　ほんと何やってたんだロングハースト！

❸ にんげんにはつじょうきはないし ぶんれつもしないそうです

ステラ様のおなかに子がいたということは、発情期があったはずです。

あのおなかの中の魔力の塊の大きさからいって、多分半月前とかそのくらい？　そうなると私や旦那様にも、その頃に発情期あってもおかしくないのではないでしょうか。でも心当たりがありません。

魔王のときには、番《つが》うものもいませんでしたし、そういうのはなかったので、気にしたことはありませんでした。だから私にはわからなかったのかもしれません。だけど旦那様はわかってもいい気がします。

「人間の発情期っていつですか」

「んんんっ？」

旦那様は固まった後に、視線をあちこちに彷徨わせました。なんだかとても言いにくそうです。

というか考え込んでしまいました。ステラ様からいただいたマシュマロバーを齧って待ちます。もにゅっとしてカリコリもして甘くて美味しい。

……よく考えたら私が産まれたのはこの時期です。誕生の祝いを旅行先の港町でするって旦那様が言ってました。去年はまだ結婚したばかりで私の体は元気じゃないからって、お祝いのご馳走は控えめだった。いえ、私にとっては初めて見るご馳走がいっぱいの豪華さでびっくりしたんですけど。誕生日はお祝いをするのだとそのとき初めて知りました。私は産まれたときから記憶があるので知ってますが、お母様は産まれたての私を見て悲鳴とともに気絶したし、伯爵や他の人たちもとても嫌そうだったので、お祝いをするようなことだと思ってなかったのです。今度のお誕生祝いはどんなご馳走でしょうか。港町ですからお魚のケーキとかかもしれません。

まだ見ぬご馳走にちょっとうっとりしましたけど、そうではありませんでした。発情期です。人間が身籠っている期間は十か月ほどだと習いました。長い。私が産まれた日とか、旦那様の誕生日とかを考えると、人間の発情期は個人差がとてもあるのだと思われます。多くの魔物は秋が繁殖期ですけれど、そうではない種族もいます。強いのは数十年に一度だったりしますし、弱いのは年に何回もあったりします。人間はどうでしょうか。閨についての教えてくれた家庭教師も発情期のことは言ってませんでした。

「あー、アビゲイル」

「はい！」

旦那様が動きました。

私は旦那様の膝の間に座ってたのですけど、抱えなおされて横抱きになります。ちょっとお耳の先が赤いです。掴んでみたらそっとその手を下ろされました。右手で腰を支えられて、下ろされた手は左手で包まれて、向かい合った旦那様は真剣なお顔です。

「人間に発情期はない」

「ない⁉」

「いやっ、ないというかあるというかだな。あー、うん、発情期と決まってはいなくて、いつもというか」

「いつでも発情期⁉」

「間違ってないなー。間違ってないけどだな……」

子を産むのも妻のお仕事なはずです。ロングハーストでそう習いました。いつでも発情期ということはそれはつまり――なんてこと！

「旦那様！　なんで私繁殖してませんか！」

「いや待ってくれ！　ちょっと待ってくれ頼むから！　順番！　順番にな⁉」

旦那様は私をぎゅっと抱きしめて、つむじの上で唸ります。順番とは。

「閨教育は受けたって言ってたよな。で、俺たちは習ったことと同じことをまだしてないだろう？」

「誤差だと」

「ぶふぉっ――い、いや誤差とかはない。習った通りにしないと子はできない。というか、また大雑把にくってたか……」

「交合しなくても一匹で二匹に増えたりする魔物もいるので」

「お、おう。交合な、交合か。そこはちゃんと習ってたか。うん。人間にそんな能力はない」

「そうでしたか……」

人間の繁殖にも色々あるのだろうと思ってましたが、色々なかったようです。それなら何故旦那様は交合しなかったのでしょう。私は妻ですのに。そう聞こうとしたら、またぎゅうっとされて顔が旦那様の胸に埋もれました。

「人間というものは、繁殖のためだけに交合するわけじゃない」

腕が緩んだので旦那様を見上げると、ちゅっと唇に口づけされました。

「愛したいし愛されたいと言ったのは覚えているか？」

「はい！」

「人間全てがそうではないが、人間は愛情を……あー、いやそうじゃないな」

おでことおでこをくっつけて旦那様はまた考え込みました。

それから、うん、と頷いて私の目を覗き込みます。

「ほかの人間がどうであっても関係ない。アビー、俺は別に子を持っても持たなくてもいい。君を愛してるから、交合したいと思う」

「はい！」

「う、うん。それでな、君はまだちょっと体が弱い」

「もう元気です」

「あー、それでもだな、こういう旅行中とかでは君の体に負担がかかりすぎる」

「からだにふたん」

「お、おう。まあ、そういうものだと思っておいてくれ。俺は君の体が大切なので無理をさせたくない。だからその――ぐっ⁉」

がたんと馬車が大きく跳ねました。

私も結構浮いて、でも旦那様がぐっと引っ張って抱き戻してくれたのですが、なんかお尻の下がごりってした気がします。変です。ここ、いつもとちょっと違う場所です。

「ちょっ、待て、動くな」

旦那様は、しばらくぎゅっとしてから場所を調整してくれました。あ、ここです。いつもの場所。

「うん……港町に着いてからにしよう」

「はい！」

旦那様はそれからしばらく「なんか違わないか……」って呟いていましたけど、どうしましたかと聞いても、いやいいんだっていうのでいいんだと思います。

港町に着いたらちゃんと習った通りの閨をするのです！

目的の港町には、予定通りに進めば昼過ぎにでも着くだろうと旦那様はおっしゃっていました。オルタというそこは海が陸を三日月のように削った湾となっていて、小さな山々の連なりに抱きかかえられています。その山々の間を縫うように曲がりくねった谷間を、馬車はゆっくりと進んでいました。

先頭はタバサとロドニーの乗る馬車、それから私と旦那様の馬車。最後に荷馬車です。護衛たちが五人、馬で並走しています。馬車がすれ違える程度に街道が広いのは、商人が行き来するためだそうです。谷間といってもなだらかな起伏はあり、道の左右には密集した木々が奥の暗がりを隠すように壁をつくっていて、私はずっと馬車からその奥を眺めていました。山と森に私は詳しいので！　来たことがなくてもわかります。

「随分長いことそうしてるが、足は痺れていないか？」

「はい！　見張りのお仕事なので！」

窓ガラスに映っている旦那様は、読んでいた書類の束から私へと目を向けます。私は今旦那様のお膝にはいません。座席に膝を折って、窓に向かって一人で座っています。外を見張るのには、これがちょうどよいのです。靴だってちゃんと脱いでます。

「なんだってまた見張りなんだ」

くすりと笑いながら、旦那様は私を後ろから囲うように両手を窓枠にかけました。

「ずっとにんげんが道なりに森の中を走ってるのです」

「は？」

　ドリューウェット領都や王都ほどではありませんが、それなりに整備された街道ですから、馬車も歩くよりは速く進んでいます。それなのにずっと同じ速さでついてきてるのは、多分走ってるからでしょう。

「どこだ?」

「暗いからきっと旦那様には見えません」

「……君は?」

「目では見えませんけどわかります。魔物ではないからにんげんです。んっと、三匹います」

「ふむ……」

旦那様は私のつむじに顎をのせて、髪をくるくるいじりながら考え込み始めました。背中があったかくて眠くなりそうで――いけません、見張りをするのです。あれは獲物を追ってる魔物と同じように走ってますから。

　ちゃんと眠らずに見張りを続けていると休憩場に着きました。馬車を数台並べてもゆとりがありそうな広場です。先に馬車を降りた旦那様に続こうとしたのに、靴をはいているうちに扉が閉められました。開けようとしても開かないので窓に手をかけると、旦那様が向こう側で窓も扉も押さえているではないですか。反対側の扉を開けようとしたら、タバサが入ってきてにっこりしました。

「奥様、タバサとここでお待ちしましょうね」

　仕方がありません。タバサの言うことはきかないといけないのです。また靴を脱いで窓の外を見張ります。

旦那様から指示を受けた護衛たちは森の中へと散っていき、あっという間に三匹のにんげんを縄でぐるぐる巻きにして引きずってきました。護衛たちは私がノエル邸に来て割とすぐに、ドリユーウェットから呼び寄せた人たちです。ずっとお城にお勤めしていた人たちですからね。やっぱりすごい。

馬車を挟むように少し距離を置いて待っていた旦那様とロドニーが迎えます。もうおそばに行ってもいいでしょうか。あ。旦那様とロドニーがこっちを向いた。と思ったのに、すぐに顔をそらして片腕に埋《うず》めています。護衛たちもそっぽ向きました。

「……奥様。窓から離れましょう」

タバサに呼ばれて振り向いたら、ハンカチで口元とほっぺを優しく拭いてくれて、それからさっと窓ガラスも拭いてました。早い。タバサはお掃除も上手。でも私は口がちょっとお行儀悪かった。失敗です。

やっと旦那様が迎えに来てくださったので、手をお借りして馬車から降りました。窓からは見えませんでしたけど、余所の荷馬車が一台と知らない人が広場の端のほうにいます。行商人のようなその人は、こちらの様子を不安げに窺っていながら、それでも出立の準備をしているようでした。使っていたらしい焚火はまだ消えてません。ちゃんと消さないのでしょうか。危ないから消さないと。

「あの三人で間違いないか？」

「はい！　間違えません！」

ぐるぐる巻きのまま折り重なって転がる三匹は、護衛たちに取り囲まれています。その輪と私たちの中間地点にいるロドニーが、のんびりした声で言いました。

「あいつら、びっくりするくらい素人っぽいですよー。問答無用で攻撃してきたらしいですから、やましいことは企んでたんでしょうけどー」

「薄汚れてはいるが、装備や服装も野盗らしくないしな……」

「食い詰めた領民っぽくもないんですよねー。貴族の護衛を襲ったんですから、町の衛兵に引き渡すとしても、どうしますー？」

「先に目的は知っておきたい。少し絞っとけ。――アビー、あっちで休憩するぞ」

旦那様が私の手を引こうとしたとき、一匹のぐるぐる巻きが叫び声をあげました。

「金瞳だ！　この人もどきが！　お前のせいでっ――ぐぁっ」

叫んだ人間を、旦那様が前蹴りで倒しました。あれ？　今手を繋いだところでしたよね。ここはちょっと離れてますのに。わぁ、さすが旦那様。すごい速い。

「あ゛あ？　お前らロングハーストか」

倒れたぐるぐる巻きの喉元を踏みつける旦那様をよそに、残りの二匹が口々にわめきます。あの金瞳のせいで、忌まわしい、汚らわしい、あんたたちがたぶらかされてるんだと。殺せの声があがったとき、旦那様が鞘に入ったままの剣でなぎ倒しました。

「奥様、馬車に戻りましょう」

促すタバサの手をとったとき、いがいがするような苦い匂いを風が運んできました。鼻の奥に粘りつくようなそれは、そう、さっき行商人がいたところからだと思った瞬間、蹄の音が大きく響き渡ります。

「奥様‼」


視界を一瞬塞いだ濃茶の短い毛肌。

タバサの悲鳴。


叩きつけるようにおなかに回された腕に、ぐぇっと声が出ました。

視界は、均された地面と曇り空と鬱蒼とした木立、倒れながらも私へと手を伸ばすタバサ、それから駆け出した旦那様たちと、激しく移り変わります。

「だん、なさま」

どうやら馬上の誰かに私は引っ張り上げられたようです。一瞬目の前に現れたのは馬の肌だったのでしょう。

「アビゲイル‼」

「旦那様！　火を消してくださいぃぃぃぃ‼」

森のそばで焚火を放っておいてはいけないのです！

行商人は、いえ、行商人ぽいだけで本当にそうかは知りませんけど、私を物干しにひっかけるように乗せて背中を押さえつけてきますから、かろうじて落ちることはなさそうでした。でも、駆ける馬の背で弾むたびに、おなかがぐぇっとなります。

「アビゲイル！　跳べ！」

「はい！」

案外と間近に聞こえた旦那様の声と同時に、頭上から男の悲鳴が降ってきました。ばたばたと大粒の雨に打たれるような感触がありましたけれど、私は旦那様が飛べと言った通りに飛びます！　この身体に翼はないのですけどなんとか！

押さえつけられていた背中が悲鳴とともに軽くなったので、膝を使って空中に飛び出します。走る馬の速度から投げ出された割には、ふわりとした浮遊感があり、これはもしや翼がと思いました。が、すぐにしっかりとした安定感に変わったのです。

いつものいい場所。旦那様の腕の中です。

「アビー、アビー、痛いところはないか」

頬を撫でる旦那様の指が冷たくて震えています。汗だくなのに寒いのでしょうか。旦那様がしている鍛錬ほど動いてないと思いますのに、こんなに汗をかくだなんて。

繰り返し私の名を呼んで頬ずりをする旦那様に、ああ、と気がつきました。これはあれです。きっとまた痛くなったのです。旦那様は私が痛いと痛いんだって前に言いました。今別に痛くないけどきっとそれです。だから旦那様の胸をさすって差し上げます。

「痛いところはないです！　大丈夫です！　旦那様、火を消さないといけません！」

抱きすくめる旦那様の腕から、首を伸ばして行商人が最初にいた場所を確認しようとしましたら、ロドニーが笑顔で指さしてました。あ、消えてます。焚火があったあたりの地面の色が変わっているのは濡れているからでしょう。ロドニーが水魔法を使ってくれたに違いないです。これならばきっとと、今はまだ静かな森の気配を探りました。

「旦那様、魔物は六匹くらいしかきません。大丈夫です」

「んんん⁉」

お任せくださいと言いましたのに、旦那様は慌てて私とタバサを馬車にしまってしまいました。

◆◆◆

すでに興奮状態で森から躍り出た魔物は、アビゲイルの言葉通りに六頭だった。森の比較的浅い場所によくいるこの枯草狐は、慎重に身を隠して獲物を狙うタイプの魔物だ。こんな見通しの良い場所に身を晒して襲ってくる性質のものではない。護衛五人と俺だけでなんなく討伐はできたものの、これが不意打ちであればもう少し手こずったことだろう。捨て身といえる狂乱状態の魔物は、常よりも攻撃力が高くなるものだからだ。

「旦那様っ」

ロドニーが差し出したぼろ布で剣に纏わりつく魔物の血を拭っていると、アビゲイルが駆けてきた。攫おうとした奴の血を浴びたドレスは簡素なワンピースに着替えられ、顔や髪も綺麗になっている。そこら中にある血だまりを軽やかに跳ねながら避けて、その勢いで飛びつこうとするのを両手をあげて制止すると、その場で小さく跳ね始めた。

「せっかく綺麗にしたところだろう。俺が着替えてからな」

「はい！　タバサッタバサッ旦那様のお着替えです！」

くるりと背を向けると、魔物にあちこち噛まれて転がっているロングハーストの奴らを、ちょっと大きな血だまりかのように飛び越え荷馬車へと戻っていく。走る馬から放り出された衝撃の名残はなさそうだ。荷馬車傍で待つタバサは、何の合図を送らなくても心得ているだろう。しばらくの間、アビゲイルは屋根付き荷馬車の中で俺の着替えを選ぶことになる。本人が全く気にしなかろうが、俺はアビゲイルに見せたくない。

「さて、話せるうちに色々と吐いてもらおう。場合によっては治癒魔法を施さんでもない」

森の中から付け狙ってきた三人は、アビゲイルを攫おうとした行商人風の男を把握していなかったようだ。三人のうち一人は枯草狐に喉笛を噛みちぎられていたし、残り二人もそれぞれ手足を一本ずつ失っている。こいつらを守る義理などないのだから、なるべくしてなったとしか言えん。この状態で治癒魔法を餌にされれば嘘など吐く余裕もないことだろう。大体、例の魔物寄せをあのタイミングで燃やされていたんだ。仲間であれば巻き添え前提の行為を受け入れはしない。

「こいつらよりあっちの方生かしておいた方がよかったかもしれないですねー……」

「そんな余裕あるわけないだろう」

「もー、主ったらー奥様のことになるとほんとに色々ー」

まあ仕方ないですかねーなどとぼやくロドニーに舌打ちが出る。

妻を目の前で攫われて冷静でいられるものか。まあ、そんなことが我が身に起こると、一年前には想像もつかなかったことではあるけれど。


気がつけば風の刃を放ち、跳べと叫んでいた。

何の迷いもなく俺の言葉通りに走る馬から飛び降りるような妻を、俺から奪おうとする輩に手加減など思いつくわけがない。アビゲイルを押さえつけていた右腕の肩から先を失い落馬した男は、あっさり事切れていた。

金瞳を殺せとわめいていたこいつらのことは、ロングハーストでのアビゲイルの扱いを考えれば予想の範囲内ではある。納得はできないが。

けれど攫う目的はなんだ。

アビゲイルは確かに領地経営に大きな貢献をしていた。ただしそれは表立ったものではない。災害予知やその対応は、領主のサインを真似た書類に指示を書き込んでいたのだから、知っていた人間がいたのだとしてもごく僅かな、そう、補佐にあたっていた者たちくらいだろう。だが領地はすでに王室へ接収されているし、管理も王城から派遣された者たちで構成されている。アビゲイルの有能さを理解して戻そうと思う者が仮にいたとしても、そいつらはもうそんな立場にいないのだ。

「ロングハーストは厄介な土地、まさにその言葉通りというわけか」

土魔法で掘った穴に魔物の死骸と死体二人を放り込み終わったと告げる護衛たちに、二人追加だと返す。これだけの傷を癒せる治癒師など、侯爵家であろうとそうそう用意できるものじゃない。当然この場にそんな者はいない。あとは俺が燃やし尽くして土をかぶせるだけだ。

魔物の躯を放置するのは、新たな魔物を呼ぶ忌むべき行為だからな。

◆◆◆

「旦那様、変な匂いします」

「えっ」

馬車が谷間を抜ける頃、嗅いだことのない匂いが馬車の中に流れてきました。旦那様は何故か大慌てでご自分の腕に顔を押し当てます。窓を開けて風を呼び込むと匂いがぐんと濃くなりました。

「なんでしょう？　んっと、しょっぱい……？　でも塩味のスープはこんな匂いじゃないです」

「あ、あー、なるほど。海の匂いだろう。まだ見えもしないのに、鼻もいいな」

「海！」

旦那様は後ろから私にかぶさるようにして、一緒に窓の外を眺めます。

「うん。もう少しで見晴らしのいいところに出るから一望できるぞって、また靴脱ぐのか」

「見張らなくてはならないので！」

視界が開けたのはそれからすぐでした。

木々の壁が途切れた先に広がっていたのは、すり鉢状になった街並みと空の間にあるたくさんの――

「水！　旦那様！　あれは水ですよね！」

「海だからな」

「わぁ」

魔王の森にも大きな湖はありました。だけどそれよりもずっとずっとたくさんの水です。だって向こう岸が見えない。空と海の間にあるのは白い雲だけです。

馬車が進んできたのは山の谷間でしたけれど、抜けた先にある街を見下ろせるほどの高さがあったようです。白い石造りの建物はみんな背が低くてぎゅうぎゅうに並んでいます。それでも太い道が何本もうねりながら海へと続いているのが見えました。開けた窓から吹き込んできた風は湿っていて、少しべたべたする気がします。

海が三日月形に陸をえぐった底のあたりに浮かんでいるのは船ってやつです。きっとそう。図鑑で見たことあります。その三日月の端のほうを、旦那様が指さしました。

「あの岬のあたりに別荘がある。砂浜もあるから着いたら少し歩いてみるか？」

「はい！」

砂浜というからには砂がいっぱいあるのでしょう。サーモンはいるでしょうか。

馬車は町の外縁をなぞり見下ろしたまま走り、別荘へと到着しました。タバサたちは荷物を片付けるので、旦那様と私は先に砂浜にやってきたのです。ほんとうに砂がいっぱいです。岩がいっぱいのところもあるらしいのですけど、そこは危ないから行かないでくださいってタバサが旦那様に言ってました。

「旦那様！　足が重いです！」

「だから抱いていこうかと言ったろう」

「大丈夫です！」

砂浜は随分と足が重くなるみたいです。でも旦那様がしっかり手を繋いでくれていますから平気なのです。

「旦那様！　海の近くに行きたいです！」

はいはいと笑いながら手を引いてくださいます。砂が濡れているところまでくると、少し歩きやすくなりました。

「旦那様、もうちょっと近くに行きたいです」

「このまま待っててみろ」

「でも近くに行かないとサーモンが——あ！　近くにきました！　海来ました！」

森の湖にだって波はありました。でも海の波は引いていくのも寄せてくるのもたくさんみたいです。波は私たちの靴の先すれすれまで来てまた引いていきます。追っていこうとしたら腰を捕まえられてしまいました。

「……アビー、サーモンはこんな浅いところにこないんだ」

「えっ、夜ごはんは」

「やっぱり自力で獲る気だったか。もう日も暮れるし海の水は冷たいから、やめておこう。な？」

着いたばかりだし今夜は町の食堂で夕食にしようと、旦那様がおっしゃいました。確かに深いところにいるのならすぐには見つからないかもしれません。食堂は旦那様がお小さい頃に何度も行ったことのある、町民にも人気の美味しいお店だそうです。春とはいえ、まだ日が落ちるのは早いですし、段々と風はひんやりとしてきていました。でも夕バサに言われた通り、ちゃんとケープを羽織ってきたから大丈夫。太陽は傾くごとに赤みを増していきます。

風にあおられる私の髪を手櫛でまとめながら、旦那様が目を細めました。

「ああ、ほら、海も空も太陽も、燃えるような赤と金だろう」

君の色だな、そう言って髪と瞼に口づけをくださいます。砂に足をとられてちょっとしか跳ねれませんでした。

ぎょろりとした真ん丸の目玉と目が合いました。

いえ別にもうお料理されてますから、私が目を合わせただけなのですけれど、お魚はどうもどこを見ているのかよくわからない顔をしていますので、パイから顔だけを出した八匹のお魚はみんな私を見ているように思えるのです。この時期に旬となるこのお魚は、ニシンというそうです。豊漁を願って振る舞われるこれはスターゲイジーパイ。どんとテーブルの真ん中に置かれたパイ皿から真っ直ぐ私を挑むように見ています。

「あー、そういえばそんな季節だったな……っと、待った。それは飾りだ」

ニシンの頭にフォークを刺そうとしたところで旦那様に止められました。さっと頭だけを除けて、切り分けられた一切れ分が私の前に置かれます。飾り……。

「旦那様。にんげんはお魚の頭を食べませんか」
「食べて食べられないことはないが、硬いし美味くないぞ」
そういえば屋敷やドリューウェットで食べるお魚は、いつも身のところだけお皿に載っていま
す。魔王の頃は丸かじりでした。小気味よい歯ごたえだった覚えがありますが、にんげんの顎で
は無理だからだったのですね。パイにナイフをいれて一口頬ばります。さくっとしたパイ皮の中
身は、しっとり柔らかな、おいも！　滑らかな舌触りのマッシュポテトと、ベーコンの味もしま
す。たまねぎと、あと葉っぱ！　それとほろほろ崩れるお魚の身が口の中で混ざり合います。
「……美味いか？」
「はい！　……あら？　旦那様の小さいです。あげます！　どうぞ！」
「あっ、いや、あっ頭は食べないっ頭は食べないから！　な⁉」
いつも私よりいっぱいお食べになるのをもう知ってるのです。なのに旦那様のお皿に載ってる
パイは私のより半分ほどしかなかったので、分けて差し上げました。
「美味しいですか！」
「お、おう、ありがとう」
にしんの頭にそっぽを向かせてから、小さく一口食べてにっこりしてくださいます。私も一口
また頬張りました。美味しい！

◆◆◆

湯あみを終えて主寝室へ入るとアビゲイルの姿がなかった。

海を一望できるテラスへと続く外開き窓から、夜風が流れ込んでくる。

月明かりが赤髪を銀に縁取り、穏やかな風が薄手の寝衣をはためかせ。

寄りかかることなく手すりに手を置いたアビゲイルは、夜空と溶け合う水平線を真っ直ぐ見つめていた。

「アビゲイル？」

部屋からガウンを取って戻り、その細く薄い肩にかける。

「海風は冷えるだろう」

「旦那様」

そのまま抱き込めば見上げてくる金色が、月のように静かな光を湛えている。

「森と同じ音がします」

「森と同じ？」

「はい。魔王のいた森です。ざぁざぁって、葉っぱを風が撫でる音です」

視線を遠くへとまた戻し、俺の胸に預けきる背中が信頼と安心を伝えてくると思うのは自惚れではない。けれど同時に、こうして魔王の森を語るアビゲイルはどこか違うところにいるようで、この細い身体の頼りない感触にらしくもない不安が湧く。

「魔王は翼もあって飛べたので、時々空から森を見下ろしてました。見渡す限りに広がる木のてっぺんを風が揺らして、ほら、あんなふうにきらきらする波と同じです」

今夜の月は明るくて、打ち寄せる波頭は瑠璃色の空が映り込む海に輝きを乗せている。

魔王自身の感情や思考は覚えていないというアビゲイルだけれど、魔王が見ていたものを語る時の口ぶりは魔王を俯瞰して見ているようでいて、しっかりと魔王自身の目線だ。

布団の中で居心地のいい場所を探る時のように、自分の前に回った俺の腕に頬を摺り寄せ、首から下げたサファイヤ魔石を片手でいじりながら、また金色の視線が俺に戻ってくる。

「月の周りの色は、波の間の海の色と、それから旦那様の色と同じです」

視線を絡ませたまま、もっとよく覗き込むように首を傾げて。

「森の泉とも同じです。鏡みたいに空色を映して、若い葉っぱの緑がちょっとだけ溶けてる色」

魔力量の多い者の瞳は、色の濃度を変えて炎のように揺らぐ。揺らぎの幅が大きいほど魔力量を重視する貴族の間では特に称賛されるもので、俺自身そう称えられるのは珍しいことでもないから慣れているはずなのに。

「魔王は、しょっちゅう空や泉をじっと眺めてました。ずーっとです。その間はなんにも食べないくらいで、あ、でも襲ってくる魔物は一口でぱくんとしましたけど」

「お、おう」

「私はきらきらとかぴかぴかが好きですから、きっと魔王のときも好きだったのかもしれません

――どうしましたか旦那様」

「いや――なんでもない」

俺の色だといってサファイヤ魔石を気に入ってるのは知っている。綺麗だとか美しいだとかそういうのはわからないと言いつつも、好き嫌いがはっきりとしているアビゲイルの言葉は、時々こうして不意打ちのように俺を羞恥で悶えさせる。なんだって俺の方が顔を熱くさせているんだ！


海風が頬を冷やすように撫でていく。すっぽりと腕の中におさまったままで見上げてくる金色は、強く艶やかに色味を変えて揺らいでいる。金は色の濃度差があまりない色だからわかりにくいけれど、きっとこの小さな身体に内包する魔力は俺のそれより強く多い。アビゲイルが魔王の生まれ変わりだと、早い段階で理解できたのはこの魔力量が感じられたからというのもある。アビゲイルに言わせれば、魔力は魂に紐づいているものだからだそうだ。


「今、君の色の宝魔石を探してる」

「私の色の宝魔石」

「そう、金よりも宝魔石の方がずっと君の色になるだろう？　見つけたら、そうだなぁ、俺は剣を持つから指輪は常時つけていられないし、ピアスにでもしようか」

「私が旦那様色のを持つのと同じに、旦那様も私色のを持つのですね」

「うん。俺は君の夫だからな。だけど、君の色ほど綺麗な石はなかなか見つからない」

「綺麗、ですか」

ロングハーストでは、貶められたことこそあれ、褒められたことなどないだろう。もちろんこっちに来てからというもの、タバサをはじめ母からだって何度でも綺麗だと言われ続けているし、俺も俺なりに言葉を惜しんでたつもりはない。だけどどうしたって、アビゲイルにはなかなかぴんとはこないようだった。

昼間の襲撃者たちが放ったような罵倒をずっと受けていれば、綺麗だとかそういった感性が育つわけない。

それでも俺の色が好きだというアビゲイルが、自分の色も好きになってくれはしないだろうかと思う。

「旦那様」

僅かに眉を下げて俺を呼ぶ声が少し沈んでいて、俺の心臓までざわりとする。

今日はロングハーストからの襲撃まであった。いつも通りに気にしていないようだったけれど、普通ならあんな罵声を浴びて平常心でいられるわけがないんだ。

冷たい風が少しでも当たらないようにと抱え込む。

「——どうした？」

「やっぱりサーモンはどこにいるかわかりません」

「さーもん」

「はい。山とか森ならわかりますのに、海はわからないみたいです。魔物っぽいなぁっていうのが大体どのあたりにいるかはわかるのですが、サーモンは……」

「お、おう。そりゃあ……残念だったな……」

アビゲイルは、なかなかないほど残念そうにため息をついた。そうかー。サーモン探してたのかぁ。ジャーキーもスモークサーモンも大好きだもんな。サーモンはすごいとも言ってたもんな。

「はい……十匹は捕まえたかったのに」

「多いな？」

「私と旦那様と、タバサとロドニーと護衛と、御者と」

「アビー、サーモンは一人一匹じゃなくていい」

「えっ」

ほっと胸の奥がほどける感覚にまかせて、細く柔らかい身体をもう一度抱きしめる。じわじわとわき腹が痛くなってきた。一人一匹て。

「くっ、ふっふふふ……そ、そうだな、船にも乗ってみるか？　さほど沖までは出られないだろうが」

「船！　あの！　あの辺にある船ですか！」

「ああ、うちの事業で使ってる船もある」

「わぁ……船に乗るの初めてです！」

わあ、わあ、と呟いてるのが愛しくて、どうやら跳ねたいようだけれど離せない。

「明日ですか！　明日乗りますか！」

「あー、天気が良ければな」

「良いです！　明日のお天気は良いです！　早起きですか！」

「うんうん」


あー、うちの小鳥可愛い。


「じゃあ早く寝なきゃいけません！　旦那様！　ベッドに行きます！　閨をします！」

「うんう、いや、んん？」

ぐいぐいと腕を引かれるままに、部屋に戻って寝台に座らされた。

アビゲイルはぴょんと飛び乗り、ちょこんと膝を揃えて座って両手を広げて。

「妻は！　旦那様にお任せすると習いましたので！　どうぞ！」


うん。ほんと俺の妻は愛らしくて凛々しい。知ってた。

4 おみやげはただいまといっしょだからたのしいのです

　ざぁざぁと風の走る音が耳に心地よいです。

　森の中で丸くなって眠っていた頃を思い出しますが、鳥の鳴き声はみゃーみゃーと聞き慣れませんし、まだ嗅ぎ慣れない匂いも流れてきています。けれど、しっとりと吸いつくようなのにあたたかくて、もっとふんわり私を包むみたいないい匂いもする。

　穏やかな風に押されるままにゆらゆら揺れてるときと同じに、体中どこもかしこもゆったり緩んで気持ちいい。

「……ん、起きたのか？　まだ夜明け前だぞ」

　もぞりと動いたら、低く響く、でも少し眠たげで掠れた声が頭の上からしました。

　あたたかいのはやっぱり旦那様のおかげでしたけれど、いつもよりあたたかいのは寝衣を着てないからでしょうか。弾力のある滑らかな感触にほっぺをすりつけたらぬるってしました。よだれ！　また口のお行儀悪かったです！　旦那様の肩と腕をこっそりお布団の端っこで拭きましたけど、ぶふぉって吹き出されたので、もしかしたらばれたかもしれません。

「旦那様」

「ジェラルド」

「ジェラルド」

「うん、なんだ？」

旦那様は時々ジェラルドと呼ぶようにって前からこっそり言ってはいたのですけど、私はどうしてもなかなか慣れないのです。だって旦那様ですし。私は妻ですし。

おでことおでこをくっつけて覗き込む旦那様の青は、いつもよりもっと柔らかい気がします。まだ眠いのでしょうか。せっかく早くベッドに入りましたのに、結局眠ったのはもっと遅かったですし。

「船に乗るのです」

「覚えてたか……んー、ちょっと立ってみろ」

「はい！」

巻きついていた腕がほどけたので、ベッドの端まで転がってから下りましたら、すとんとそのまま床に座ってしまいました。旦那様は「だよなー」と笑いながら抱き上げてベッドの元いた位置に戻してくださいます。

「旦那様おかしいです。足に力が入りません」

「体に負担がかかるって言ったろう」

「からだにふたん」

「まあ、そういうものだ」

お布団が肩にもしっかりかかるように掛けなおしてから、ぽんぽんってして、それから私の頭が肩にのるようにきゅっとして、私のつむじに頬ずりをします。

「もう少し眠ろうな。船は明日だ」

ちゅっちゅっとして唇が掠める程度に重ねたままで言われて、ぽんぽんもされて、そうしたらとろとろと力が抜けてきま――あら？

「旦那様、何かごりっとしたのあります」

「そういうものなので気にしないように。起きて平気そうだったら市場に行くか」

「市場！」

「だからちゃんと身体を休めよう」

「はい！」

よし、と旦那様は髪を梳くように撫でてくれます。

ふわふわしてあたたかくて、市場も行けるし、とても気分がよくて、するっとすぐに眠ってしまいました。市場にはまたうにとなまこがあるでしょうか。


次に目を覚ましたときにはもうお昼に近い時間で、朝ごはん食べられなかったと思いましたけど、すぐにタバサが朝ごはんを持ってきてくれました。ガウンを羽織った旦那様が、何故かご機嫌に鼻歌しながらベッドテーブルをセットしてくださいます。私もいつのまにか寝衣をちゃんと着てました。同じように鼻歌で追いかけたら、もっとご機嫌に笑ってサイドチェストにあるお花の飴をひとつ口にいれてくれます。ガラスのフードカバーをかけたお花の飴は、いつも必ずお部屋に飾ってくれているのです。毎日のようにひとつずつ食べてますけど減らない。パンやスープや果物を、ベッドテーブルに並べてくれているタバサもにこにこしています。あ！　そうです！

「タバサ！　タバサ！　私ちゃんと聞できました！」

「――っ、あ、あび」

「あらあらあらまぁまぁ！　それはようございました」

「でもやっぱり習ったのとちょっと違「アビー！　これ食べてみるか。バナナ」バナナ？」

旦那様が見たことない黄色い皮の細長い実を見せてくれました。果物？　少し変わった甘い匂いがします。本当は食べ方のマナーもあるんだけどなと言いつつ、するすると厚みのある皮を手でむいてくれます。なんて簡単。あの皮は分厚くて食べにくそうですし、簡単にむけるのは便利でいいです。

タバサがなんだかじっと旦那様を見つめてますけど、旦那様は知らんぷりで皮がむけたバナナの白い実を、私の口に近づけてくれたので一口齧りました。もこもこ！　噛んだら滑らかで甘い！

「美味いか？」

二口目がまだ口に入ってましたので頷きました。美味しい！

「……坊ちゃま、まさかと思いますがご無体「してない。南方の果物でな、今までもドライフルーツで入ってきてはいたんだが、船の改良で航海日数が短縮されたから、最近は生のままでも運ばれるようになったんだ。俺が手伝っているドリューウェットの事業も関わってるんだぞ」

「旦那様のお仕事！」

「気に入ったのなら、王都にも届くように手配しような」

「はい！　イーサンも食べれます！　旦那様、次は私が皮をむきたいです」

「奥様、朝食が先ですよ」

まだ一本の半分残ってますけど、パンとオムレツとスープを食べるまでお預けされました。仕方ありません。タバサの言うことはきかないといけないのです。

朝食を食べた後に、バナナの残り半分を食べたらおなかいっぱいになってしまいましたので、旦那様が食べるバナナの皮をむいて差し上げました。簡単！

◆◆◆

朝食後の茶を飲みながらうつらうつらしだしたアビゲイルを、また寝台に寝かしつけてから私室に戻ると、胡乱《うろん》な目をしたタバサがロドニーとともに待ち構えていた。

「だから普通だ普通っ無体なんてするかっ」

「奥様はなかなかの勉強家でございますよ。しっかり教本を読み込んだとおっしゃっていたのに、それとちょっと違うとは」

「教本と同じわけがないことなんてわかってるだろっ言わせるなっ。母親とそんな話などしたくな、い、あ、あああああっ」

「あら……まあ」

あらあらまぁまぁといつもの口癖を繰り返しながら、タバサはそそっと部屋から出て行った。俺はといえば、自分の口走った言葉が引っ込むわけでもないのに両手で顔を覆ってソファに倒れこむ。乳母なんだから母代わりでおかしいことじゃない。そのはずだけど、俺は今まで主として振る舞ってきていたし、母とも思い慕っていると言葉にしたことなどついぞなかったのに。にやつくロドニーが湯気をたてたコーヒーを目の前に置く。

「……うるさい」

「えー、オレ何も言ってないじゃないですかー」

「気配がうるさい。にやつくな」

「ひっどーい。乳兄弟《お兄ちゃん》として慶びのーってっ、ととっと」

ソファにあるクッションをひとつロドニーに投げつけると、なんなく受け止められた。その手には数枚の書類がある。

「主、悲願の成就おめでとうございます」

「なんだ悲願て！」

「だってー、ちょっと違うってー」

「だから違う！　普通だ普通！」

「えー」

「うるさいぞ！　いいからほらっ報告！」

　もーと言いつつ、にやついた顔をすっと戻して差し出してきた調査書にざっと目を走らせれば、やはりロングハーストの管理は王室から派遣された者たちだけで行われていることに間違いはない。

「先ほど伝令鳥の返信がありましたが、まだとりあえずの確認をウォーレス《侯爵》様にとっただけです。ただウォーレス様はロングハーストの領地没収に関わっていますから情報の精度は高いでしょう」

　確かにあのロングハースト伯爵やアビゲイルの義姉関連のことで、父が直接王室へ届け出た直後に話を聞いていたし、それはこの調査書と変わりない。

　ならばアビゲイルを攫って得をする者は誰だというんだ。あの領で組織立って動くような者たちなど確認されていない。昨日の賊も尾行してきていた三人と商人風の賊とは別々に動いていた。組織として把握されないほどの小集団が思い思いに動いているのであれば、それは組織を相手にするよりも厄介だ。どう動いてくるかの予測が立てられなければ、先手を打つことも罠にかけることも難しい。

「引き続き、ロングハーストの調査を続けてくれ。父の手の者とも連携するように」

「抜かりなく。それから護衛の増員手配は問題ありません。この休暇中にドリューウェットから五名到着予定です」

この別荘に到着してすぐ父へ伝令鳥を飛ばし、ロングハーストに関わる情報の提供とともにアビゲイルの護衛として私兵の増員を依頼した。まあ、断られることもないと思っていたし、今ついている護衛たちも俺が子どもの頃からいる馴染みの私兵だ。彼らの連携についても滞りないだろう。

「ならば帰りの道は問題ないな――それまでは交代をさせてやれなくてすまないが頼む。他の者にもそう伝えてくれ」

普段、市場を歩く時などは護衛を三名つけている。残り二名と交代しながら回していた。俺自身が戦力として数名分は担える自信があった故だけれど、こうなったからには制圧や追跡も考慮して増員するべきだ。……アビゲイルを一瞬でも奪われたのは俺の失態だが、二度とあんな思いはしたくない。

「勿論。奥様かなり人気ですからねー。ノエル家へ移ることになるっていうのに希望者多かったらしいですよ」

「俺の妻だぞ」

「ほんと何を言ってるんだろうねーうちの主は……」

◆◆◆

昨日は朝ごはんを食べた後、またいつのまにか眠ってしまいましたのでお出かけできませんでした。目が覚めたらもう外は真っ暗だったのです……。だけど今朝は違います！　しっかり早起きできたので船に乗れました。初めての船！

「旦那様旦那様、もう港はあんなに遠いのにまだずっと海ばかりです。あの向こうはまだまだ海ですか。いつ向こう側が終わりますか」

「この方角はこっちのとは別の大陸があるはず……船で何日もかかるからな。背伸びしても見えないぞ」

　湾の向こうは外海というそうです。外海に出ると揺れるからなって、旦那様はデッキの手すりを両手で握って、その中に私を閉じ込めてくださってます。つま先立ちから踵をおろすと、旦那様はかがんで私のつむじに顎をのせました。船はゆったりと大きく揺れて、私たちもそれに合わせて左右にゆるりゆるりと揺れています。面白くて旦那様に背中を預けました。

　右に揺れて右足をとんと出して、左に揺れたら左足……旦那様は足を肩幅くらいに開いてて、そこから一歩も動きません。旦那様より足を開けばいいでしょうか。

「……アビー、張り合わなくていい」

　腰に腕が回ってそのまま引き上げられました。

「ほら、網も引き上げられるぞ」

　旦那様は含み笑いしながら、船尾のほうへ私ごとくるりと向きを変えます。ちょうど引き上げられた網から、どさーっと中身がデッキに広げられたところでした。いっぱい！　何かわかりませんがいっぱいぴちぴちしてます！

「だんなさまっだんなさまっ」

「はいはい、走らない」

大きな魚がデッキの上でびちびちと跳ねながらどこかに逃げようとしています。逃げられませんし。

「……アビー、それあっちの木箱に入れてあげなさい」

「はい！」

船員さんたちが魚を次々放り込む木箱に両手で抱えた魚を入れました。

「お、奥方様、一瞬で抱え上げましたね……」

「しかも一番でかいやつ……」

船員たちが褒めてくれたので旦那様のほうを振り向いたら、タバサから受け取ったタオルでお胸やおなかのところを拭いてくれました。右手、左手と順番に拭いてくれているのはタバサです。

ロドニーはしゃがみこんでます。

「旦那様、サーモンはどれです、か」

「あー、どれだ……？　ああ、そこの君、サーモンはってアビー？」

すごいのがいます。ぬるりぬるりびたんびたんって、いっぱいある足をあちこちに伸ばしてるぬるんとしたのがいます。びたんってした足が床にくっついてずるりと移動しました。足……足……足、八本？　しゃがんで覗き込んだら重そうにたわんだ頭の下に目らしきものがふたつあります。数は魔王の勝ちですけど。

「旦那様、これは海の魔王ですか」

「タコだ」

「タコ」

聞いたことありました！　タコのカルパッチョを城で食べたことがあります。これが！　だとすると確かに魔王じゃないです。そうですよね。捕まってるし、足の数も目の数も少ないし翼もない。あ、でも。

「旦那様、タコは泳ぐのですか。魚みたいなひれがありません」

「えっ、いや、どうだろうな……なあおい君」

「は、はいっ、今のではサーモン揚がりませんでしたし、タコ、タコは……海流に乗って動きますから泳ぐといえば泳ぐ、と言えるかと」

作業の手を止めた船員が旦那様に教えてくれました。サーモンはないしタコは泳ぐ。

「旦那様、私泳いだことはないですけど、がんばったら泳げないでしょうか。難しいですか。旦那様は泳げますか」

森に大きな湖はありましたけど、魔王は湖底を歩いていけましたし泳いでたことはなかったと思います。アビゲイルになってからも勿論泳いだことはありません。

「今度は何に張り合ってるんだ……今の時期はまだ寒い。暑くなったら王都近くの手頃なところに連れて行って教えてやるから」

「はい！　私は一回教えてもらえればできるのです！　旦那様まだべたべたします。お水なのに」

「海水だからな……今濡れタオルを取りに行かせてるからそれまで我慢しなさい」

「はい！」

まだまだたくさんびちびちしてる魚をしゃがんで見ようとしたら、そのままもっと後ろにずらされました。なまこもうにもいなかったです。


「旦那様！　足がふわーと勝手に歩きます！　どうして」

「船から降りるとなるよな。転ぶなよ」

船から桟橋へと降りたら勝手に足が横に歩いていくのでびっくりしました。旦那様が腰を引き寄せてくださいます。このまま市場に行ってお昼ごはんをするのです。

ドリューウェットの領都で行った市場も賑やかでしたが、ここも負けないくらい賑やかで、肌や髪が見たことない色の人間もたくさんいました。港にいるときも、よその船からは異国の言葉で掛け声や怒鳴り声が飛び交っていましたし、市場でも同じです。ここは漁港でもあり交易港でもあるのだと、前に屋敷で教わりました。ドリューウェットの勉強だってしたのです。旦那様の妻ですので。

香ばしさがのった煙の、おなかがすいてくるような匂いがしてきて、どこから流れてきてるのかとあたりを見回すとすごいものが目に入りました。

「旦那様！　旦那様！　おっきい！　おっきいお肉です！」

「ドネルケバブといったか。かなり遠い国の料理だが、この辺りは交易があるから移民もそこそこいるしな。ここ以外ではまだ見かけないんじゃないか」

「ですねー」

斜め後ろに控えるロドニーが答えてます。おっきくてご立派なお肉……これは何のお肉のどこの部分でしょうか。私の腰より太そうな筒型のお肉が串刺しにされてぐるぐる回っています。骨？　いえ、あれは金属の棒です。なんで回すの。

「旦那様……あんな太くてご「アビー、あれ塊肉じゃないからな。薄い肉に味をつけて何枚も巻き付けてあるんだ」」

あんな太い足なら普通の動物ではないだろうし、なんの魔物なのか考えてしまいましたが違うようでした。旦那様の注文に答えた店主がナイフで肉を削り取り始めます。わぁ。しゅるって。しゅしゅるって削れていきます。薄いお肉をかためていったのにまた薄く削るなんて！　これもまた薄いパンに細く刻んだ色々な野菜と一緒に載せてくるりと巻いたものを、旦那様がふたつ受け取ってひとつを私にくださいました。旦那様の目線の合図で、ロドニーと護衛たちもそれぞれ受け取って、みんなで歩きながら食べるみたいです。私も歩きながら食べられます！　タバサは船を降りた後、別荘に先に帰ったので怒られませんし！

薄いパンは薄いのにもちっとしていて、野菜はしゃくっとしてて、薄くそいだはずのお肉は甘辛いソースが絡んでしっかりとした歯ごたえがあります。美味しい！　ちょっとだけ辛いけどこれくらいなら美味しいのです！

「……アビー、あっちで座って食べような」

　なにか残念そうな顔をした旦那様が、私の額から野菜を取ってくださいました。いつのまに。

◆◆◆

　本来なら護衛が職務中に俺たちと食事をともにすることなどない。けれど隙をつくらない布陣のためには交代をさせてやれないし、幸いうちの護衛たちは片手にケバブがあったところで警戒度が下がることはない。移動しながらの補給などよくあることだ。

　だが、貴族女性が歩きながら食事することなどまずないし、慣れる必要も全くない。それでも仮に試したとして額に野菜がつくことはないだろう。前に食べ歩きした時は、俺が食べさせてたから平気だったのか。食べ方そのものは綺麗なのに、どうやってつけたんだと思いながら手近なベンチへと誘導した。本人も何故だと思っているようで、工夫しようとしている気配があるけれど、ベンチに着くまでの僅かな時間でまた額に野菜がついた。いやほんとに何時《いつ》ついたんだ。

「アビー、ほらここに座って食べなさい」

「……」

　いつもなら元気に返事があるところだけど、どうやら納得がいかないようでベンチの周りをぐるっと歩こうとしている。時々妙に負けず嫌いなんだよな……。でもそれが俺の真似がちゃんとできないという時に出てくるところなのだから、もうどうしたものかと思う。可愛くて叱れないばかりに、また俺がタバサにあの冷ややかな視線をもらうことになる。だけど仕方ないだろうこれは。

「ああ、そういえば、苺飴はまだ食べたことないよな?」

「いちごあめ!」

ロドニーに視線を送って買いに行かせると同時に、アビゲイルは俺の隣にてんっと座った。護衛たちは、ベンチのそばを囲うように立ち、周囲にさりげなく目を光らせている。ドネルケバブを両手に持って、端から小さな口で丁寧に食んでいるのを見守った。

……船から降りた時こそふらついていたけれど、それは別の話だし、昨日ちゃんと休ませたおかげで、今日は足取りもいつも通り軽やかだ。そうでなくては困る。アビゲイルに負担がかからないことを最優先にして、こう、色々と堪えるところは堪えたし、本当ならもう一度くらいのとこ——

「はいはいはいはい、主、顔怖いですよーもーほんと色々とーもー」

ぬぅっと苺飴の刺さった木串が、顔の横に突き出された。

「……怖かったか?」

「いちごあめ!」

「むっつりっぷり駄々洩れですねー」

「旦那様！　いちごあめ！」

片手で顔半分を覆ったまま、受け取った木串をそのままアビゲイルに渡せば、苺飴だけにくぎ付けになっている。見られてはいなかったらしい。苺好きだもんな。

残り半分ほどになったドネルケバブは、俺が引き受けた。俺も護衛たちもとっくに食べ終わっている。

「まあ、やっとですからねー男としてはわからないでもないですけどー」

「ほんとうるさいなお前……」

「旦那様！　つやっつや！　つやっつやです！　旦那様の分はどうしましたか」

「俺はいい。全部アビーが食べなさい」

「はい！」

上から下からと苺飴をくるりと回して全体をしっかり真剣に眺めてから、ぱくりとくわえて堪能する顔は実に満足気で可愛らしい。しゃりしゃりと飴を歯で削っているであろう音がする。

「俺の妻なんだぞ信じられるか」

「オレは最近、主の口がゆるみっぱなしなのが信じられないですよねー」

◆◆◆

苺飴の薄い殻となった飴を舐めながら歯でこそいでいくと、さくっと酸っぱい苺が出てきました。飴で甘くなった口の中が酸っぱさで一瞬きゅっとなります。溶けた飴の甘さと爽やかな甘酸っぱさがちょうどいい感じ！　美味しい！　でも苺は一口で食べられちゃう大きさですし、あっという間になくなってしまいました。木串に垂れた飴が固まってついているのでそこをちろちろ舐めながら考えます。

「旦那様。さっきのケバブは何のお肉ですか」

「ん？　ああ、あー…………………羊だな」

ロドニーと何かお話ししていたようですけど、旦那様はちゃんと教えてくださいました。羊。知っています。図鑑で見ました。そしてドリューウェットでも飼ってる地域があるのも習いました。牛がいたところの近くです。地図では近かったと思います。

「帰り道に羊飼ってるところ通りますか。牛のところとは違いますか。近いですか」

地図で見るのと本当に馬車で移動するのとでは、方向とか距離とかが違って感じるのを来るときに気がつきましたので、旦那様にちゃんと確認します。森とか山の中ならびしっとわかるのにびしっと。

「……近い、かな。いやどうだったか」

「何言ってるんですかー主。牛って、あの放牧していたところでしょうー？　隣街じゃないですか」

「ば、ばっかおま」

近いということは、お土産に買って帰れるということです。

「旦那様。イーサンは羊も好きでしょうか」

「やっぱりそうくるか……」

「え、奥様、父がどうかしましたか」

「ほっぺの美味しい牛はイーサンも好きだと思うのですけど、あのおっきなお肉もきっとイーサンは好きなんじゃないかと思います」

「おっきなお肉は、羊じゃなくても……まあ、ええ、好きだと思いますよー。年の割には健啖家《けんたんか》なんでー」

「旦那様」

呼びかけると旦那様はきりりとしたお顔で、木串を持つ私の手を両手で包みました。

「アビー、どっちかだ」

「どっちか」

「え、え、なんの話ですか」

「そう、牛と羊、どっちかだ」

「どっちか……」

それは悩みます。どっちがいいでしょう。牛のほうが羊より大きいはずです。図鑑ではそうでした。でも牛の一番美味しいところはほっぺです。ほっぺはちょっとしかありません。そうすると羊のほうが……旦那様とロドニーが何かこしょこしょお話ししてますけど、ロドニーは牛のほうが好きなのでしょうか。でもイーサンへのお土産だから。

「丸ごと⁉　丸ごとって言いました⁉　今！」

「う、うるさい！　あれだ、あとで送ってもらえばいいだろ！」

「旦那様。羊は足速いですか」

「連れて帰る気満々じゃないです⁉」

「アビー、ちょっと羊の足の速さは俺にはわからんが、屋敷に送ってもらえるように手配」

「え！　駄目です！　お土産はただいまと一緒です！」

「駄目なのか⁉　だ、だがな、牛はともかく羊を荷台に乗せるとしても」

「だって旦那様はいつもただいまってするときにお土産をくれます」

お仕事から帰ってくると旦那様はお土産をくれて、それはいつもとても楽しい。でもお土産にいただいたお菓子と同じのを、おやつの時間用に買ってきてもらってもちょっと違ったのです。美味しいのは同じだけど、ちょっと違います。

「お土産は旦那様のただいまと一緒だから楽しいのです」

そう教えてあげましたら、旦那様は両手で顔を押さえてベンチの背もたれにおでこをくっつけてしまいました。ロドニーは「丸ごと……」って呟いていて、護衛たちはこっちを見ていませんけど、肩が少し震えています。

「――っまだ、時間はあるからゆっくりどっちか考えなさい」

「はい！」

ノエル邸には、ドリューウェットよりはずっと少ないけれど、使用人はいっぱいいます。庭師のお爺は飴をくれるし、料理長はそのときつくってる料理の味見をさせてくれるし、キッチンメイドもランドリーメイドも休憩のときのおやつを一口分けてくれます。一口なのはおなかいっぱいにしちゃうとタバサに怒られるからです。

だから屋敷でお留守番してる使用人にもお土産は必要です。そういうきづかい？　も女主人の仕事だって義母上も言ってました。

「旦那様！　あのきらきらした貝殻はどうでしょう！」

屋台の屋根の端にぶら下がる紐には、いくつも貝殻が結わえられて揺れています。貝殻の裏側が虹みたいにゆらゆらぴかぴか光ってました。食べ物を扱う屋台には何故か大体飾ってあるのです。何かの目印かもしれませんけど、ぴかぴかだからちょうどいいのでしょう。

屋敷の者たちは私と同じできらきらとかぴかぴかしたのは好きです。私がお飾りとかつけるとみんな可愛いとか綺麗っていいますから、きっとそうです。

「あー、あれかあ……うん。貝殻の細工物を扱ってるとこあったよな」

「……っ、ええ、勿論。評判のいい店もおさえてます」

「でも、あれはぴかぴかで」

「アビー、残念だがあれは売り物じゃない……あれはほら、こう、ぴかぴかで……鳥避けになるから、なくなったら店も困るだろう。貝殻細工の店の貝もちゃんと光るぞ」

「そうですか……わかりました！　私選べます！」

お店ではやっぱり全部同じに見えましたけど、選ぶのを旦那様とロドニーが手伝ってくれました。旦那様がここからここまでと決めて、ロドニーはそこから一種類ずつって。だから手前にあるのを選びました。ばっちりです！


貝殻細工のお店の他に異国の布を扱うお店とかも見てから、砂浜にまたやってきました。砂が湿っているけど、波は届かないところまで来ちゃえば歩きやすいです。

「アビー、危ないから波打ち際にあまり近寄るなよ」

「はい！」

歩きやすくなったので、手は繋いでません。貝殻は砂浜にも落ちてるってお店の人が言っていたので見てみたかったのです。もしもっとすごいのを見つけたらタバサにあげましょう。お留守番してないけどロドニーも欲しいって言ったら、もうひとつ探してあげてもいいです。

海のことは森ほどわかりませんけど、それでもなんとなくどんなのがどのへんにいるかはわかります。ずうっと続く砂浜には私たち以外の人影はありません。波は寄せては引いて砂を均していきます。――あっ！

「旦那様！　捕まえました！」

　駆け寄って捕まえたのを旦那様に見せに戻ります。私の手よりも大きいけど握りやすい形をしていました。真っ赤なカエデみたいです。カエデの木は森にありました。甘い蜜があるのです。

「それはヒトデだな……探してたのは貝殻じゃなかったか。戻してあげなさい」

「そうでした！」

　貝は硬い殻がついてるから、こんなぐにっとはしてません。間違えました。波が届くところに向けて投げると、ちょうどよく寄せてきた波にさらわれていきました。気を取り直して貝殻を探します。よく考えたら私がなんとなくわかるものは生きてるものです。貝殻は生きてません。

「……普通ヒトデって落ちてます？」

「まあ……アビーだからな」

「あー」

　仕方ないので砂浜をよく見ながら歩きました。穴があいてるとこを掘ってみたらおっきなミミズみたいのとか出てきましたけどお前じゃないです。ぽいってしたらロドニーがうぉおって叫びました。なんで。護衛たちは私や旦那様やロドニーを囲うようにちょっと距離をとってますから、私はそこから出たりはしません。旦那様と約束したので、その中で探します。

「……アビー、ちょっとこの辺探してみなさい」

「はい！」

　旦那様が指さしたあたりをじっとよく見てみましたら、半分だけ砂から覗く殻がありました。

濃い桃色が端に行くほど薄くなっていて私の親指の爪より一回り大きいくらいです。

「旦那様！　ありました！　これは可愛いですか」

「——っ、うん。可愛いぞ」

やりました。これは可愛い貝殻です。でも。

「これはさっきお店で買ったのよりちっちゃいです。もっとおっきいのならタバサにあげようと思いましたのに。これならお店で買ったののほうがいいかもしれません」

「だったら俺にそれもらえるか？」

「これでいいのですか？　もっとおっきくなくていいですか？」

「ぶふっ、——い、いや、これは記念にいいと思ってな」

「きねん」

記念とはなんでしょう。建国記念日とかは知ってます。習いましたので。貝を拾った記念？　それはちょっと建国記念日とは何か違う気がします。

「あー、そうだなぁ。初めてアビーとこの街に来て、初めてアビーが自分で見つけた可愛い貝殻だからな。これを飾っていたら見るたび思い出すだろう？　それが記念だ」

「記念」

私は一度見たことや聞いたことは忘れませんので、この貝殻がなくても覚えていられます。旦那様を見上げたら柔らかなまなざしで私を見つめていて、ちょっと耳の先が赤いです。砂だらけの私の手の中の小さな貝をもう一度みたら、旦那様の耳の先と同じ色をしています。ロドニーはちょっと離れたところで上半身をひねったりそったりしてます。

「記念、は、お花の飴と一緒に飾りますか」

「ああ、いいな。どう飾るか帰ってから一緒に考えようか」

「はい！」

旦那様が出したハンカチの上に載せた貝殻は、丁寧に畳まれて胸ポケットにしまわれました。

それから私の手についた砂を優しく撫で落としてくださいます。

「さあ、そろそろ帰ろう。今夜はアビーの誕生祝いだ。その前に昼寝もしなきゃだろう？」

「お誕生日！」

そうでした。本当は昨日の夜の予定でしたけれど、私が眠ってしまっていたので今夜になったのでした！　船で獲れたお魚も使ってご馳走ができているはずなのです！　私たちが別荘にいる間だけ雇った料理人は、この街の料理人なのでお魚料理は得意だって言ってました。今夜は特別にタバサもロドニーもみんな一緒にご馳走を食べるって！

旦那様がワンピースについた砂もはらってくれて、それから繋ぐために手が差し出されたとき、すううっと波が大きく引いていきました。

「あ！　かに！」

「アビー!?」

波に取り残されたおっきなかにがいます！　慌てて波を追っかけてるようですけど、私は足が速いのです！　ふたつのはさみをそれぞれ掴んだのと、私を追いかけてきた旦那様が腰を抱き上げてくださったのはほぼ同時でした。

そして目の前にはかがんだ旦那様より高く立ち上がった水面。

どんっと叩きつけられるような衝撃は、私を抱え込んだ旦那様の背中が受け止めてくださったのでしょう。だけど大量の海水がたちまちのうちに私たちを巻き込んで、ぐるぐると転がしていきます。ごぼっと口から空気が持っていかれました。あ。うにも転がってる。

押し寄せた波は、私たちを護衛たちのもとに届けて引いていきました。両足を投げ出して座り込んだ旦那様の足の間にいる私は、しっかりと抱え込まれたままです。

護衛たちの慌てた声と、ぶはっと息を吐き出した旦那様の声が頭の上から降ってきました。

「アビー！　大丈夫か！」

「旦那様！　おっきなホタテ！　ふたつも！」

掴んでいたはずのかにではなく、私の両手にはそれぞれ大きなホタテがあったのです！　高々とあげて旦那様に見せました。これタバサにあげます！

5 おそろいとないしょはとてもたのしくていいものだともうわたしはしっています

ずぶぬれのまま別荘に帰りつき、タバサの小言をもらいながら一緒に湯あみを終えた。

昼寝に入ったアビゲイルを寝室に残して私室に戻ると、今夜の誕生祝いの采配に戻ったはずのタバサが神妙な顔をして待っていた。両手に柔らかそうな布を持って胸元の高さまであげている。隣にはロドニーが困惑しながらも笑いをこらえ切れていないような器用な表情で立っていた。

「……どうした?」

「先ほど奥様から頂いたホタテなのですが……いえ、まずはご覧ください」

ローテーブルに持っていた布をそっと置き、俺がソファに座るのを待ってから折り畳まれていた布が開かれた。

「真珠、か?」

「はい。いただいたホタテの両方に入っていました」

一度立ち上がり、執務机から手袋を出してソファに戻った。手袋をつけた指先でつまみ上げて手のひらに転がしてみる。母にはあてにされていないが、一応俺も貴族教育を受けている身。宝飾品のセンスはともかく、ある程度の品質を見極める知識ならある。多少なりとも家の交易事業を手伝ってはいるし。確かにホタテは真珠を抱えることもまれにあるというが……。

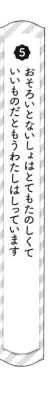

「随分高品質に見えるな。虹色の照りこそないし真円でもないが、巻きもしっかりしてて光沢がある」

手のひらの真珠は僅かに歪んではいるが、ころりとした涙型で表面はきめ細かく、目で見る限り傷もない。

「最近はねー、真円じゃなくてもデザイン次第で人気あるんですよー」

「へぇ」

「奥様のご厚意ですけれど、さすがにこれは頂戴できませんので主様にと思いまして」

珍しく眉を下げたタバサがため息をつく。受け取れないとアビゲイルの前では言えないだろうなぁ……。ただいまの言葉もおざなりに、はずみながら駆け寄って得意げに手渡したのだから。

「でもまあ、いいんじゃないか。受け取っておけば」

「ですが」

「タバサにお土産だと張り切って探したものを取り上げるほど狭量な主じゃないぞ俺は。というか、何故受け取れないのかアビゲイルに納得させられるのか？」

「ですから奥様がお昼寝中にお持ちしたんでしょうに。この後ホタテ料理も並びますし、それをご一緒にいただけるだけで十分すぎます」

アビゲイルに金銭的な価値などわからない。いや数字として理解はしているが、本人にとっては気にかけるようなものじゃない。せっかくタバサのためにと獲ってきたものを、受け取ってもらえない方が重要だろう。そりゃ獲ってきたのはホタテであって真珠ではないけれど。

「じゃあふたつあるんだし、揃いで何か誂《あつら》えればいいんじゃないか。タバサと揃いなら喜ぶだろう」

「主様、使用人と揃いなどと」

「あー、奥様は喜ぶでしょうねー」

「おう。アビゲイルはそりゃあ喜ぶだろうな」

ぐぅと押し黙ったタバサに、ロドニーと二人で笑った。

「それはそれとしてだ。凪いでたはずなのに急な高波に攫われたかと思ったら、手にしたカニの代わりにホタテだぞ」

「しかもふたつとも希少な高品質真珠入り、と」

「偶然、じゃないよなぁ」

「さすがにそこまでおめでたくはなれませんねー」

アビゲイルが嫁いできてすぐに起きたロングハーストの小規模なスタンピード。狂乱羊《マッドシープ》の大群が穀倉地帯を踏み荒らしたそれは、これまで絶えない豊穣で知られた領に影を落とした始まりだった。

スタンピードを予測したアビゲイルが対処と回避策を書き残していたにもかかわらず、伯爵は対処しなかった。結果、備蓄も足りず収穫も望めない中で金策に走り回って野垂れ死んだわけだが、ロングハースト領の凋落《ちょうらく》はこれにとどまらない。

「元々不作もあまりない豊かな土地ではあったんだよな?」

「ですねぇ。領地面積の割に収穫量も多く、そのくせ人口はさほど増えないから治安も悪くなかったそうですよ」

豊かになれば人は流れ込むものだ。なのにあの土地は、よそ者を嫌うせいで根付ける者が少なかったという。

「あれからまた届いた続報ですけどー、狂乱羊に荒らされた土地を回復させるだけの人手も足りず、他領から人員を回せば地元民がもめごとばかり起こす有様だとか。無事だった他の土地の収穫物も不作とまでは言わずとも例年の収穫量に全く届かないわ、王領にした手前もあってとりあえず領民を養わざるを得ないわで赤字しか見込めないと、担当官は頭抱えてるらしいですね」

「ははっ笑いが止まらんな」

要りもしない土地ではあったけれど、本来であればアビゲイルが継ぐべき土地だ。それを嫁ぎ先であるうちが口を出さないのをいいことに、アビゲイルにろくな説明もないまま取り上げた王城には思うこともある。要らんけどな！

タバサの坊ちゃまと窘める声を咳払いで流し、ロドニーに続きを促す。

「特にここ十数年不作どころか大雨や日照りの被害すらほぼなかったわけですから、適切な管理さえあれば美味しい土地だと思っても仕方ないといえばないですかねー」

「ここ十数年特に、なんだよなー」

「ですねー。特に、なんですよねー」

手のひらの真珠をテーブルの上に広げられたままの布に置き、ゆっくりと丁寧に畳んで包んだ。

「そうは言っても、答えなどどうせ出ないことだ。うちの小鳥がもってきた贈り物は贈られた者が受け取ればいい」

包みを片手に持って差し出せば、タバサはためらいつつ両手で受け取った。うん。それがアビゲイルの一番喜ぶことだろう。


たとえアビゲイルの領地経営手腕が卓越していたのだとしても、魔物の生態に詳しいばかりか行動のコントロールすらできそうだとしても、ロングハーストの豊穣は魔王であったアビゲイルの存在故だったのだとしても。

海のことはわからないといいながら、何故かこうして普通はあり得ない恵みを手にしてたりしていても。


「黙ってりゃわからんし、証明もできん。今重要なのは、ノエル家の女主人が楽しい誕生日を過ごすことだ」

「主のその極端に振れるところいいと思いますよー」

「ほんと大きくなられて……」

いそいそと祝いの支度に戻るあたり、お前たちだって相当だろう！

◆◆◆

おっきなホタテふたつを渡したら、タバサは五秒くらい固まった後にすごく喜んでくれたのです。やりました。私やりました。でも頭からずぶぬれだったので、それはちょっと旦那様と一緒に怒られました。

怒られながらも旦那様は直々にお風呂の準備をしてくれたのですが、水魔法も熱魔法もなんてお上手なのでしょう。さすがです。旦那様の大きな手で頭を洗ってもらうのは、とても気持ちがよいものでした。つま先までぽっぽと温まったから、お昼寝もぐっすりできたのです。

お昼寝から起きましたら、タバサがいつも通りのお胸の下だけきゅっと紐で絞られた楽ちんなドレスを着せてくれました。すべすべで柔らかくって、裾は長いけど足に纏わりつかないからちゃんと走れるドレスです。お祝いの席なのにコルセットがいるドレスじゃなくていいのですかと聞いたら、奥様のためだけの楽しいお祝いだからいいのですよって。それは走っても跳んでもいいということ！

別荘のお庭は義父上たちが使うときはガーデンパーティをよく行うらしく、花壇よりも芝生の部分が広くとられた庭園です。今夜はそこで私の誕生祝いをするぞって、旦那様がエスコートしてくださいました。庭に面した温室に足を踏み入れた途端、昼とは姿を変えた庭が目に入ります。何種類もの色ガラスを使ったランタンが庭のあちこちに配置され、夜の庭園は色とりどりに春先のまだ若い葉を浮かび上がらせて――なんてこと！

「旦那様！　お庭が厨房になってます！」

「アビー、挨拶が先だ」

「はい！」

温室を抜けて庭園につながるテラスの段差を、二段飛ばしにするところでした。いけません。テーブルクロスのかかった長いテーブルがいくつもあって、タバサもロドニーも護衛たちも、私たちを囲うように待ち構えていました。ああっ、並んだテーブルの間には即席のかまどがあります！　あれは市場でも見ました！　屋台のやつ！　旦那様はご挨拶をしています。テーブルにおっきな魚が載りました！　どうしますかそれ！

「アビー、挨拶を」

「はい！　おたんじょうびありがとうございます！」

お隣にいる旦那様からごふっと音がしましたが、皆さん笑顔でたくさんの拍手をくれました。どうしましょう。どこから先に行けば。

「……っ好きに見て回っていいぞ――あっこら」

喉奥で笑うように旦那様がおっしゃいましたので、テラスの段差を二段飛ばしました。大丈夫です！　靴も踵が低いのですから！

長テーブルはいくつもあって、ご馳走が並んでいるのと料理人が調理台にしているのがあります。料理人はここに滞在する間だけ街から呼んだ人たちです。ちょっと私も忙しかったので、ここの厨房には二回しか行ってません。二回目に行ったときにはパンの耳をかりかりに揚げたのを一本もらいました。

タバサやロドニーはもちろん護衛や御者、従僕もそれぞれのテーブルの前でにこにこしてます。

「奥様、ほら、こっちは溶けたチーズがたっぷりですよ」

「えっ、あっ」

「奥様、今日の船で獲った魚もあります」

「私が捕まえたお魚！」

「奥様、こちらはいただいたホタテですよ」

「ホタテ開いてる！　貝開きましたか！」

小さなかまどで料理人が半円の大きなチーズを串にさして火で焙ってます。焙られた面が柔らかく波打っていき、落ちます！　それ落ちます！　あっお魚の頭が切り落とされました！　チーズ、パンで受け止めた！　ホタテはぱかっと開いた殻の上でつやつやして、あっそのまま網の上におきますか！

声をかけられたほうに向かおうと足を一歩踏み出すと、また違うところから声がかかって美味しそうな料理が次々と！　どこにもいけません！

「旦那様！　私忙しいです！」

「ぶはっ」

しゃがみこんでしまった旦那様ですけれど、すぐに立ち上がり「ゆっくりでいいからな」と手をとってくださいました。

「迷うなら右から順番に「旦那様あれなんですか！」お、おう」

見たことないのがあります。黒い鉄板の上にだぁっと白っぽいクリーム？　どろっとしてます。小麦粉溶かしたやつ？　を流してます。大きい四角のパンを焼くのでしょうか。旦那様をエスコートして近寄ると、鉄板の上のクリームは何か色々刻んだものが混ぜ込まれているのがわかりました。料理人が長い串を取り出して、くつくつぷつぷつと気泡が浮き立ってきたクリームをすうっとなぞっていくつもの小さな四角に分けていきます。その小さな四角の上にぽんぽんって白身に赤い皮のついた、あ！　吸盤あるのがあります！　これはタコ！　あのタコこんなところに！

私はぱちっと目を瞬きました。さっきは小さい四角だったのです。でもくるくるって丸くなりました。丸くなった‼　まん丸！　いつのまに！

「旦那様！　まん丸！　くるくるって！」

思えばケバブのおっきなお肉もくるくるしてました。くるくるはすごい。

「……ここはくるくるのまち……」

隣で旦那様がまたごふってなりましたし、真ん前の料理人も一瞬くるくるが乱れました。お城の人じゃありませんからね。仕方ないです。でもちゃんとくるくるは続きます。

鉄板の上のまん丸に黒っぽいソースがぺたーっとされて、ばっさーと青緑の粉が振りかけられます。小皿にみっつつ出来上がったまん丸が載せられて、白っぽいのは多分マヨネーズで、細くしゃしゃっと飾りが入ります。そしてその上にまた飾られたのが、……？　旦那様が小皿を受け取って、熱いからなって目の前に差し出されます。

「旦那様、これは新鮮……？」

「……っいや、乾燥させた魚の身を削ったものだな。——確か。そうだろう？」

旦那様の問いかけに、ちょっと緊張してるみたいに震えた声で料理人はそうですと答えました。

ふわふわゆらゆらと無秩序に踊るのは、薄く削られた木みたいです。多分。魔王が木をなぎ倒しちゃったときにはこんなに薄くなりませんでしたから多分。旦那様はまん丸を半分の半分に割って、……あっちょっととろみがあります！　ふぅふぅと息を吹きかけてから食べさせてくれまし
——熱い！　熱い！

「わ！　すまん！　熱かったか！　おいっ水！　水くれ！」

びっくりしてちょっと跳んじゃいましたけど、次の一口はふわっととろっとして中のタコはぷりっとして！　美味しかった！


お誕生日のお祝いはみんな夜更かしをしてましたけど、私は途中で眠くなってしまったので先にお部屋に帰されました。たくさんあったお料理は全種類ちゃんと食べましたから、おなかがいっぱいです。それぞれ一口とか二口でしたけど、たくさんだったので仕方ありません。

煮炊きの煙がしみついたからとさっと湯あみした後に、タバサが髪を梳かしてくれるのが気持

ちよくて、私はドレッサーの前でちょっとうっとりしていました。この旅行にメイドはつけていませんから、全部タバサがしてくれるのです。するすると目の細かい櫛が頭のてっぺんから毛先まで撫でていく感触は、旦那様が頭を洗ってくれたのとはまた違う心地よさ。屋敷や城のメイドがしてくれるのだって気持ちよいけど、タバサはちょっと低めのゆったりとした声でおしゃべりもしてくれます。

去年、初めてお誕生祝いをしてもらったときも楽しかったけれど、今日のお祝いもお祭りみたいで楽しかったですと言えば、それはようございましたって、タバサのそのそれはようございましたが好き。

「奥様から頂いたホタテはとてもおいしゅうございましたね」

「はい。おっきいホタテですから当たりだったと思います」

タバサへのお土産だからタバサは独り占めしてもいいのに、私と分けてくれました。私は他にも食べたいものいっぱいあったので一口だけにして旦那様に差し上げましたけど、タバサはもっといっぱい食べてもよかったのではないかと思います。でも私と一緒に食べるのが美味しいって。私も旦那様と一緒に食べるごはんは美味しいので、それと同じです。

「それで奥様、そのホタテの中に真珠が入っておりまして」

「硬くなかったですか。齧れましたか」

「いえ、下準備の時に料理人が見つけたので大丈夫でございますよ」

よかったです。歯は大事です。タバサはドレッサーと私の間に回り込んできて、小さなビロードの化粧箱を開けて見せてくれました。白くてつやっとした石がふたつ。

「奥様、この真珠は希少で使用人が頂くのには少し高価でございます」

「それはタバサのです。みんなつやつやもぴかぴかも好きですよね？」

違うのでしょうか。好きだと思っていたけどタバサは違いましたか。

タバサは少しだけ眉を下げた困り顔で、はいと笑いました。

「これは内緒のお願いなのですが、聞いていただけますか」

「ないしょ！　なんでしょう！」

眠気が飛びました。旦那様とお花の飴の内緒はありますけど、タバサと内緒はありません。

「いただいたホタテの真珠はふたつあります。奥様とおそろいの意匠で、そうですね、奥様は宝箱、わたくしはこのピンバッチのチャームとして誂えるのをお許しいただけますか」

「おそろい！　いいと思います！」

タバサが示した襟元のピンバッチは、家令や家政婦長という使用人を束ねる者の証だそうです。対になるピンバッチをイーサンがつけています。大事なものだと前に教わりました。タバサとおそろい！

深い礼から身を起こしたタバサに王都に帰ったら宝飾屋を呼びましょうねと手を引かれてベッドにもぐりこむと、上掛けを肩までかけてとんとんしてくれます。旦那様たちがお祭りしている賑わいは、ぼんやりとして木々のざわめきとまじりあいどんどん眠くなってきました。今日もとっても楽しかった。

私はノエル家に来てから夢を見ることがあまりなくなっていました。ノエル家のベッドはふかふかで気持ちがいいのでいつもぐっすりだからです。ほんの時々お花の飴やサーモン・ジャーキーを食べる夢を見るくらい。

ロングハーストでは物置部屋の床に薄く敷かれた藁がベッドで、ごはんは二日に一度だけど、自分で庭の葉っぱや裏の森にある木の実をとったりもできました。でもおなかがいっぱいになることはなくて。力は出ないし、くらくらして眠ることが多かったです。床の硬さが藁でいくらか和らぐくらいの感触は、魔王が草むらでうたた寝していたときのと似ていたと思います。だからでしょうか。浅い眠りで見る夢は、ざわりざわりと梢が鳴る森の中で佇んでいる魔王であった頃のものでした。

今私が久しぶりに見ている夢は、まだ魔王が魔王と呼ばれる前の頃です。私は見たこと聞いたことは忘れないので、その頃のことだって覚えています。それに、ざあ、ざあ、とゆったりとした波の音が葉擦れの音のようだったからかもしれません。

にんげんはいつだって魔王を見たら悲鳴を上げて逃げていきます。お弁当を落とすこともときたまありました。魔王のお散歩はいつも森の中だけれど、時々森の外との境界線あたりまで足をのばしたりします。森の近くににんげんの住む村があるのは知っていました。時々森の中で会うのはここの村の者たちです。村へ行かなくたって様子はわかります。目がいいのでがんばったら見えますから。

村の中にいるちっちゃいにんげんは森の近くにはきません。なのにその日はちっちゃいにんげんとおっきなにんげんの間くらいのにんげんがいたのです。焚火をしているそのにんげんに近寄ると、叫びながら投げてよこしたものが焼けたおいもでした。美味しかった。

そんなことが何度かあって、そのうちそのちっちゃめのにんげんは、魔王が近づいても逃げなくなりました。自分のごはんから、おいもをわけてくれるようにもなりました。魔王はにんげんの言葉はわかります。だけどお話しすることはできません。口はたくさんあるのに。お返事もできない魔王に、そのにんげんは語りかけ続けます。村でのにんげんの暮らしとかお仕事とか。働かないとごはんはもらえないのだというのを教えてくれたのもこのにんげんです。

だけどお仕事は別にしていない魔王に、おいもをくれました。

「ひとりぼっち同士だからな」

そういってみっつしかないおいものうちひとつをくれるのです。

ちっちゃめのにんげんがちょっとおおきめなにんげんになった頃、森の少し奥まで入って草とか木の実をとったり、弱い魔物を狩ったりするようになりました。いつも会うのは森と村の間くらいのところで、森の中で会ったことはなかったです。

だけど、ある日森の浅いところよりちょっと奥で偶然会ったそのにんげんは、あまりそのあたりには来ないような大きめの魔物に食べられそうになっていました。

「たすけて」

魔王が自分を襲ってこない魔物を食べたのは、そのときが初めてでした。

「ありがとう」

魔王が思ったり考えたりしたことは覚えていないからでしょう。夢の中でもやっぱり魔王がどう思ったのかはわかりません。ただぴょんぴょん小さく跳ねていました。

旦那様にありがとうとご褒美の口づけをもらえるとき、ぴょんぴょんしたくなることをそういえばと思い出します。

魔王は私ですからきっとこのときもそんな感じだったんじゃないかと、思い出せなかった魔王の気持ちが初めてわかった気がしたところで、優しく髪を撫でる感触と旦那様のいい匂いがしました。だから私はぴったりくっついてもう一度眠ったのです。

今度は夢を見なかったと思います。

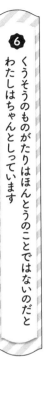

6 くうそうのものがたりはほんとうのことではないのだと わたしはちゃんとしっています

来たときと同じようにドリューウェットのお城に寄って、それから王都へ帰るため港町を出発しました。いつのまにか護衛が倍に増えています。

「牛と羊が増えるからですか」

「どっちかだと言っただろう」

やっぱりどっちか選ばなくちゃいけないみたいです。牛と羊のいた街は、城と王都の間にあるところだったので、それまでに考えることにします。

旅行のお土産は、王都でお留守番のイーサンたちの分だけではありません。ちゃんと義父上たちの分も用意しました。特にサミュエル様は喜んでくれると思います。ばっちりです。義父上たちの分は旦那様と一緒に決めましたけれど、サミュエル様の分は、きっとアビーが決めたほうが喜ぶだろうからなって言われて私が選んだのです。

「アビー、来る時にも見た風景だろうに……また何か見張ってるのか？」

「来たときと反対側なので見てます」

「お、おう」

馬車の両側をいっぺんに見ることはできないので、来るときと帰るときでは反対側の景色を見られるのです。ちゃんと靴も脱いでます。山間の道はもう抜けました。来るときに見ていた側は平地が広がっていたのですけど、今見ている側は小高い丘が幾重にも広がっていま――あ！

「旦那様！　旦那様！　もこもこがいます！　羊です！　羊ですよねあれ！」

図鑑で見たやつです！　羊！　なだらかな丘陵のあちらこちらにぽつりぽつりと白いもこもこがいるのです。時々黒いのもいます。座席で立ち膝になってしまった私の腰を旦那様が支えてくれました。

「あー……そういえばこの辺も牧羊してたな」

「旦那様」

「……アビー、この辺りで牛は飼っていないぞ。両方見比べて決めなくていいのか？」

「えっ」

「来る時に見た牛のあたりなら、羊もいるから両方比べてどちらかに決められるけどな」

「――たしかに！」

来るときに泊まった町は多分もうすぐです。そのときに羊のお料理は出ていません。今度はあのおっきなお肉あるでしょうか。

お泊りする宿の一階にある食堂で、夜ごはんをいただいています。来るときにピザを食べた宿から後に泊まった宿では、時間が合えば食堂を使うようになりました。色々あって楽しいので。タバサたちは別のテーブルで食事をしていて、護衛たちは人数が増えたので交代でとるそうです。食堂そんなに広くないですから。

「……アビー？　大丈夫か」

「なにがですか？」

手元のお皿にはほろほろになったハギスとマッシュポテト。一口食べたのですけど、何故かみんな私をじっと見ています。隣の席の護衛まで。旦那様なんてちょっと心配そう。どうして。

ハギスは羊のゆでた内臓を色々して羊の胃袋に詰めて茹でたものです。これはその胃袋から出したものだからほろほろ。護衛のうちの一人が食べていて、なんだろうと思って見てたら、そう教えてくれました。多分口に合わないと思いますよって言いながら、ちょっと分けてくれたのです。もう一口、マッシュポテトと一緒に口へと運びます。美味しくないです。臭い。

「……奥様、無理しなくて大丈夫ですよ。これは食べ慣れてないと」

「美味しくないけど無理じゃないです」

美味しくないものを久しぶりに食べましたけど、まだおなかいっぱいじゃないからこのくらい食べられます。最後の一口を食べました。臭かった！　ハギスを分けてくれた護衛は、何かちょっとおどおどしています。そういえばこの護衛は新しく城から来た人です。

「この料理は、とても元気になる料理ですからちゃんと食べたほうがいいです。それに使ってる羊は、ちょっと魔力ある仔だったみたいなので魔力回復もちょっとだけ早くなります」

それに頭から丸かじりするよりずっと食べやすくていい。旦那様がロドニーを呼んでこしょこしょお話ししていますか。こしょこしょは楽しいので、私も後でしてもらえないでしょうか。

「アビー、確かにこの辺りの羊は魔山羊と掛け合わせた品種らしいんだが……」

「それは習ってないですけど、わかります。魔力が残ってますし」

魔山羊は毛がもしょもしょして舌ざわり悪いし蹄も硬いのです。どんな生き物でも内臓は魔力や栄養がありますが、丸かじりして美味しいものは滅多にありません。色々邪魔。あと、弱い魔物は生で丸かじりじゃないと、魔力が残ってることはないです。魔王のとき、村で焼いてくれた魔物肉はそうでした。その代わり美味しかったのですけど。だからこのハギスは強い魔物肉じゃないのに魔力が残ってて珍しいなって思ってはいたのです。

旦那様も護衛たちも残りのハギスをちょっとずつ味見して、しかめっ面し始めました。

「美味しくないのは仕方ないです。お城の人がつくったのではありませんし」

それはそうとあちらのテーブルの隅にあるのは、チェリーパイではないでしょうか。実がぽこぽこ載った表面に、とろりとしたソースが黄色いクリームの断面に垂れているパイはチェリーだと思います。赤黒いからきっとそう。

「……城の料理長は美味しく作れると思うか？」

「料理長はお城の人なので！」

「期待値高いですねー」

知らない人たちの席に運ばれていくのは、焼けた小さいトマトの上に載せられた、焼き目がしっかりついているごろんとしたお肉で――あっ！　あれは！　旦那様の服の裾をちょっとだけ引っ張ったら、すぐに耳を私のほうへ寄せてくれましたので、こしょこしょします。

「骨がついたソーセージありますっ」

「お、おう」

旦那様は骨のついたソーセージだけじゃなくって、仔羊のローストも、チェリーパイも頼んでくれました。どうして食べたいのわかったのかわからないですけれど、きっと旦那様だからだと思います。どれも美味しかった！


ドリューウェットのお城に到着しました。今日はお城で一泊して、明日また王都へ向かって出立するそうです。勿論ピヨちゃんのところにも寄ります。いえ、別に私は寄らなくてもいいのですが、旦那様がピヨちゃんと約束しちゃいましたし。先触れをちゃんと出していたので、義父上や義母上たちが馬車寄せのところでお出迎えしてくれてます。馬車の窓から見えました。きっちり敷き詰められた石畳の上で、かっぽかっぽと馬の蹄がゆったり鳴っています。

「旦那様！　義母上がいます！」

「アビー、そろそろ靴を履きなさい」

「はい！」

靴を履いている間に馬車が止まって、従僕が小階段《ステップ》を用意している音が扉の向こうから聞こえてき、あっ、靴片っぽない！　靴ないです！

「落ちる。落ちるから」

旦那様が座席の下を覗き込む私の肩を押さえながら、私のスカートの陰から靴を見つけて履かせてくれました。差し出された手をとって馬車から降りたら、きちんとご挨拶して義母上たちからおかえりなさいの抱擁を受けます。サミュエル様には抱っこを強請られたので抱き上げようとしましたら、横から旦那様がすいっとサミュエル様を抱き上げてスチュアート様に渡してしまいました。

旦那様の私室で一緒に旅装からお着替えして、家族用のサロンに行くと皆さん勢ぞろいです。これからお土産を配るのです。私と旦那様が選んだお土産！　馬車で三日程度の場所だし、わざわざ要らないぞって旦那様はおっしゃってましたけど、いってきますってしたのだから必要です。

義母上には真っ赤な地色に黄色と緑の大きな実がいっぱいなってる絵柄でつるつるの布です。異国のものだって旦那様は言ってました。義父上にはおっきくてつよそうな角《ツノ》です。海の魔物も角があるのがいるとは知りませんでした。でもきっとこれはつよいやつ。義父上は角についてる紐を不思議そうに見てますが、それの使い方は私にもわかりません。つよそうだったからなので。

旦那様は肩を震わせながらおすまししてます。

スチュアート様とステラ様へのお土産は、旦那様はステラ様がご懐妊なのでそれに合わせた何かがいいかもなって教えてくださいました。私はおなかに子のいる人間が身近にいたことがないのでよくわかりませんから、ロドニーにも聞きましたら、ロドニーも産んだことないですねって。それはそうでした。結局取っ手のないカップにしたのですけど、夫婦用だと店員に教えてもらったそれは、丸みのある大きなカップと小さめのカップで旦那様とそれぞれ持つと両手にすっぽりちょうどいい感じにおさまります。白磁に花びらや雪が透かし模様に入ったきらきらで、私と旦那様用のも模様違いで買いました。

「――ひゃぅ⁉」

そしてサミュエル様へのお土産が部屋に運び込まれた途端に、サミュエル様は甲高い鳴き声をあげてステラ様の後ろに隠れてしまったのです。なんで。

◆◆◆

今にも零れ落ちそうな涙を湛えながら大きく目を見開いて、サミュエルはステラ義姉上の後ろに隠れている。予期していなかったであろうその反応に、アビゲイルは土産のはく製とサミュエルを交互に見てうろたえ始めた。

「サミュエル様、これ、つよそうですよ。ね。つよそう」

うん……強そうだからびびってるんだろうな。わかるぞサミュエル。

使用人の男二人が運び込んだはく製は、アビゲイルが「亀です！　図鑑で見た亀です！」と言い張ったものだ。確かにおおまかなパーツは亀なんだけれど、亀の甲羅には放射状に伸びる五本の角はないし、下あごから天に伸びるような牙もない。アビゲイルは気がついていないけれど、父にあげた角もこの角亀《ザラタナ》と呼ばれる魔物のものだ。ずっと堪えている息が今にも吹き出そうで苦しいし、部屋の隅でロドニーが腹痛のふりを始めているんだがやめろ。

「――ジェ、ジェラルド」

「……アビゲイルがどうしてもと」

父の何かを堪えるような囁き声は震えていて、応える俺の声も同じように震えてしまった。調度品を適当に寄せて絨毯の上に置いたはく製は、ゆうにローテーブルの高さを越えていて、甲羅の胸囲とでもいえばいいのか、それは俺が両腕を伸ばしても半分も届かず抱えきれない。アビゲイルはその角亀のそばに立ち、角の一本を掴んでは「ほらっおっきくてつよそうですよっ」と繰り返している。うちの小鳥は基準がまず大きさと強さなんだよなぁ。

母とステラ義姉上は扇で顔を完全に隠して斜めになったまま止まっているし、兄はソファの肘掛けに額をつけている。奇妙な静けさに満ちた室内で、アビゲイルの焦りがにじむ声とサミュエルの頼りない悲鳴が不思議と会話のように掛け合いになっていた。

そして、あっ、とひらめいたように輝いた顔を見せたと思った次の瞬間には、アビゲイルが角亀に飛び乗っていて。

「ほら！　乗れますよ！　ほら！　ぴったり！」

「……ひょっ」

ぴったりってなんだ。サミュエルも急に興味を覚えたような顔になるのはなんでなんだ。もうロドニーは退室したようで姿が見えない。逃げやがった！


サミュエルはすっかり機嫌をよくして、アビゲイルと一緒に角亀にまたがっている。サミュエル付きの侍従が角亀の後ろを押し始めると、二人そろって「ぉぉ……」と声をあげた。アビゲイルは軽いから、絨毯の上でもなんとか滑らせられたのだろう。いや本来あれは壁掛けにして飾るものだと聞いているし、ああして遊ぶものでもないとはわかってるんだが。

「亀は、こんなに硬くて大きいのに、海の中で泳ぐそうですよ」

「あびーちゃん！　すごーい！」

「はい！　すごいです」

いちはやく立ち直った兄が、まだ困惑を顔にのせながら耳打ちをしてきた。それなりに高額だし、子どもの遊具として与えるものではないからだろう。まあ普通は虚栄心の強い成金趣味の金持ちが、道楽で集めるような類のものなのは間違いない。

「あれはサミュエルにってことでいいのかい……？」

「アビゲイルがサミュエルにぴったりだと言うので。あれは腹に布を打てば床に滑らせても大丈夫じゃないですかね」

「いや、ありがたく受け取るが、えぇ？　何その提案……」

楽し気に角亀にまたがる二人はなんだか勇ましくも微笑ましいし。

「専用の台車つくるのでもいいかもしれませんし、何より可愛くないですか。あれ」
「いやいやいや……まあそれはそうだけど、お前、ジェラルド、ほんと自由になったね……」

◆◆◆

お土産で遊んだ後、旦那様は義父上とお仕事のお話をするというので、私はステラ様に誘われて小サロンでお茶をすることにしました。小さな温室になっているここは、春の陽ざしで明るくぽかぽかしてきます。サミュエル様はお昼寝です。ちっちゃいですからね。私は馬車でお昼寝してきたから平気。

ほお、とステラ様はお茶を口に含んでからため息をつきました。ユスリナ茶です。私たちが港町へと出発した直後に手配をしたのだと言ってました。

「サラダにしてみたりしましたけど、どうにもえぐみがあって……」

「お茶にしても臭いですね！」

「ぷふぅっ」

カチャっとかすかな音をたてて、ステラ様はティーカップをテーブルに置きました。いつもお行儀いいですのに。私は普通のハーブティですが、ステラ様の濃い緑色のお茶からは、ゆらゆらとこちらまで匂いが漂ってきます。おなかの子の魔力でステラ様が弱ってしまうのを防ぐ効果は、お茶にしてもさほど変わりません。大事なのはその草の汁なので。臭いですけど。

「そのまま罨るよりずっとマシなのですよ……匂いつわりがなくてよかったわ」

つわりというものが人間にはあると、タバサに教えてもらったことがあります。症状は人によって違うそうですが、吐いてしまったりするとか。美味しいものをせっかく食べたのに出してしまうとは、なんて恐ろしい……。アビゲイル様、と居住まいを正してステラ様は真っ直ぐに私を見ました。

「ありがとうございます。お礼をちゃんとお伝えしたかったの」

ふわりとにっこりするステラ様は、やはりあれからすぐ寝込んでしまったそうです。だけどユスリナを罨ったらすぐ楽になったって。さっきスチュアート様もお礼を言ってくださいました。義父上も義母上も褒めてくれた。みんなユスリナのことをご存知なかったのはびっくりしましたけどよかったです。ステラ様のおなかはまだぺったんこですが、中にいる子も元気みたいで魔力はくるくるとまん丸に回っています。ティーテーブルに置かれたちっちゃくてまん丸のお菓子くらいの大きさです。クッキーでしょうかこれ。粉っぽい表面は薄く黄色が入った白です。

「私ね、スチュアート様とは確かに政略結婚でしたけれど、それでもずっとお慕いしていて。魔力量の差もあるし、サミュエルをすぐ授かったことだけでも幸運なのだけど、それでもできれば兄弟をつくってあげたかったの」

「おしたい」

「その……す、好きということですのよ」

「ああ！　ステラ様はスチュアート様の妻だから！　私も旦那様好きです。同じですね」

「そうねそうね。……スチュアート様はね、ドリューウェットの家風というか気質とはちょっと違って元々人当たりも良い方なのだけど、初めてお会いした時からとてもお優しくて」

「きしつ……ここのしわですか」

「ぷくぅっ」

　私が眉間を指さすとステラ様が傾きました。スチュアート様はそういえばここのしわありません。私も時々練習してますけど、なかなか難しい。このお菓子は柔らかいのでしょうか。柔らかそうですけども乾いてるみたいだし、そうするとお茶がなくなる前に食べたほうがいい気がします。

「あ、ああ、これ、ポルボロンって言うんですよ。サミュエルもこれが好きで。どうぞ召し上がって」

「はい！　溶けました！」

「――とっ溶けますわよ、ねっ」

　さくっとしてほわっと溶けた！　溶けたらなめらか！　もっとぽさぽさかと思ったのに！　ステラ様も指をぷるぷるしてひとつ口にしました。私ももう一粒口にいれて、さくっとして溶けた！　美味しい！　ふふふってこぼれる笑い声に顔を上げると、ステラ様がやわらかく眦を緩めて私を見ていました。魔力量が普通の瞳の色はさほど揺らいではいませんけれど、暖かそうな胡桃色です。ステラ様の顔立ちはタバサにちっとも似ていないのに、やっぱりタバサみたいな表情をします。

「お義母様やお義父様もそうですけど、特にジェラルド様は本当に変わられたわ。皆さんとても優しいのよ。でもそれがわかりにくいというか素直ではないというか。高位貴族の矜持が邪魔をしてしまうようなところがあって……上に立つ者として、厳しくならざるを得ないことも多いですから」

「つよいものは、つよいってわからせないといけないときもあります」

魔物たちも縄張り守るときとかそうしますし。頷いてみせたら、ステラ様はぱちぱちと瞬きすると、細くてぴかぴかの爪をした手を伸ばして、私の手を包みました。

「お義母様から聞きましたけれど、アビゲイル様たちはまだお子を持つことは考えてないとか」

「私は元気だと思うのですけど、まだ体が弱いからって旦那様がお薬を飲んで……あ！　間違いました。旦那様が子を要らないからって言いなさいって言ってたんでした！」

「ふっ、ふふふっ、そうですわね。家族以外にはそう答えた方がいいかと思います。でも、もしよその方に何かそのことで言われたら教えてくださいませね。私でも、お義母様にでもいいですわ。ええ、必ず私たちがその方にわからせますからね」

にこにこして私の手をやわらかく撫でるステラ様の手は、タバサよりもしっとりしてましたけど、タバサみたいにあったかくて気持ちよいです。ロングハーストでは誰も私に触れなかったので知りませんでしたけれど、人間の肌というものはそういうものなのだと思います。

でも旦那様のがきっと一番。しっとりとちょうどいい硬さで気持ちよいのです。

今夜は義父上と義母上も一緒に夜ごはんです。スチュアート様一家は別のお部屋です。お城に着いてから聞きましたが、私たちの馬車とは別に、あのハギスを食べた町から羊をお城まで送っていたらしいです。それで、料理長ががんばってハギスを作ってくれました。でももしかしてステラ様は匂いが駄目かもしれないからって別々でお食事です。

そして運ばれてきたお皿には、ケーキのように丸く平らに整えられた段々に、ソースが細く波模様にかけられていて、この間宿で食べたものとは見た目が全然違います。三段に積み重なった一番下は茶色、真ん中は白、一番上はオレンジ色、違います、にんじん色です。これにんじんだってさっき料理長が言ってましたし。

「これハギスですか⁉　あ！　ハギスでした！　ちょっとだけハギスの匂いします！」

「……いつも思うけれど、アビゲイル、あなたその背すじ伸ばしたままの姿勢でよく匂いがわかるわね」

「はい！　私は鼻もいいのです！」

宿で食べたのは熟して割れた木の実みたいになった胃袋に包まれたハギスで、そこからほぐした中身をお皿に取り分けてマッシュポテトを添えたものでした。でもこれは最初からケーキみたいになってます。ケーキの匂いしませんけど。お肉の匂いですけど。さすがお城の料理長です。見た目までとてもご馳走です。三色全部フォークに載るようにして口に運びました。美味しい！

臭くない！

「旦那様旦那様！　ほらやっぱりお城の料理長だから！」

「そうだな、うん。全然違うな」

お肉のところはほろほろふわふわしてて、でもしっかり内臓あたりのお肉の味がします。白いところはなめらかでもったりしたマッシュポテトで、お肉のほろほろを包んでて！　それでにんじんも甘い！　ソースは……ソースは食べたことない味？　ぴりっと胡椒の味もして、なんか濃くて食べたことない味……ウイスキーソース！　お料理の説明に来ていた料理長が、にこにこで教えてくれました。ウイスキーはお酒です！　私飲んだことなかったから！

「旦那様！　私お酒も」

「だいぶ違うからな。今度そのうちな」

ソースは美味しいのできっとお酒も美味しいです。今度そのうち飲みます。

「ふむ。私も私兵たちと一緒に食べたことがあったが、まるで別物だな」

「レバーパテの味わいですが、口当たりは軽いのに深みがありますわね」

義父上と義母上も満足そうです。そうでしょう。やっぱり料理長だから。料理長に頷いてみせようと視線を送りましたら、ものすごい笑顔だったので手を振りました。ちょっとびっくりしたので。

「これで魔力回復に少しでも役立つのであれば」

「あぁ、でも父上、手間はかなりかかったようですよ。鍋も匂いがついてほかの料理には使えなくなったとか」

「これ魔力もうないです」

「鍋くらい……んん？」

「美味しくなると魔力なくなるんですね！」

「お、おう……なるほど、な……そっかー」

　料理長が少しぐらっとしたのを、義父上の家令がひじで支えました。旦那様は目を伏せて考えてるお顔です。

「料理長どうしましたか。がんばったから疲れましたか。あとでハギス食べたらいいと思います。元気になる美味しいご馳走ですよ」

「……はは、手間をかけすぎたのでしょうかねぇ」

「そうだな。それと引き換えなんだろう。アビゲイル、お城の料理長がつくったハギスの味は気に入ったか？」

「はい！　さすが料理長です！」

「ならばいい。ほら」

　旦那様はにっこりして、つけあわせの豆を食べさせてくれました。ちょうどよくしょっぱい豆はぷりっとして美味しい！

「そういえばアビゲイルはいつもお城はすごいって言うわねぇ」

「お城ですので！」

「王城じゃなくてもお城ならいいのでしょう?」

「お城に種類が……?」

義母上のお口が「あー……」って形になりました。え、お城って種類ありましたか。お城はお城では? もしやもっとすごいお城が? それがあるのはここから近いでしょうか。

「旦那様、帰りに寄れますか」

「大丈夫だぞ。お城はお城だ」

そうですよね。びっくりしました。どんな感じにすごいのかちょっと想像できなかったので。

「アビゲイルはどうしてそんなに城が好きなんだ?」

義父上にそう訊かれて、あら? どうしてだったでしょうと少しだけ考えて思い出しました。

「ロングハーストのお仕事をするようになって、執務室と書斎の本は読ませてもらえるようになったんですけど」

「……ほお?」

ぴたっと旦那様のスプーンを持つ手が止まりました。そのゼリー寄せは私の口にくる途中だったのではないでしょうか。見つめていたら、「お、おう」って、やっぱり私のところにきました。美味しい! ちっちゃいエビとトマトです! お返しにちっちゃいコーンのところをあげました。

「ほんとにお前たちは……」

「身内だけの席ですし。で?」

義父上が何か言いかけてましたけど、旦那様は続きを促しますので続きです。

「資料とか教本ばっかりの中に、一冊だけ絵本があって、それは竜を倒した勇者がおっきくてつよそうなお城にいくと、すごいご馳走でおもてなししてもらえるお話でした」

「つよそうなおしろ」

「竜、そんなつよくないのに」

「……ん、んん？」

「そんなことしたくらいでご馳走でおもてなししてくれるなんてお城の人優しいです。やっぱりおっきなお城に住んでるくらいだから、すごい人間ばっかりなんでしょうって思ってたのですけど、当たりました」

「んー、その絵本のタイトル覚えてるか？」

「もちろんです！　『魔王を倒した勇者と姫君』です！」

義父上は竜じゃないのかって呟いて、義母上は弱いそうですしって返して、旦那様は何故か深呼吸を三回ほどして、それからゼリー寄せのてっぺんにある大きいエビをくれました。美味しかった！

◆◆◆

前に使ったのと同じ客室を与えられ、寝る前の時間を寛いで過ごす。ソファに座る俺の足の間に陣取ったアビゲイルは、絨毯にぺたりと座り込みローテーブルの上のホットミルクをじっと見つめていた。熱いからな。微動だにしないつむじを見ながら、ブランデーを口に含んで鼻に抜ける香りと喉を転がっていく熱を楽しむ。父は随分いい酒をまわしてくれたようだ。

「旦那様、これいつものと違います。甘い匂い……ザクロ！　ザクロとハチミツの匂いと？　なんでしょう……あ！　お酒！　お酒の匂いします！」

覗き込むと、湯気を顔に浴びながら匂いをかぎ分けていたらしく、うっとりと目を細めていた。薄く開いた唇をついばんでからぺろりと舐めると、細められていた金色が見開かれる。

「この匂いだったか？」

「これです！　ということは！　これはお酒！　あっ旦那様熱いですよっ」

「少しだけな」

ホットミルクをちびりと舐めると、うん、確かにブランデーだが、フルーツブランデーか。母が気に入って飲んでるやつだろうか。しっかりとアルコールは飛んでいることを確かめてからテーブルに戻すと、アビゲイルはまたじっと見つめだした。

「もう熱くはないぞ」

「はい！」

俺の言葉をそのまま信じて警戒心なく両手でカップを包み口に運ぶとか、もうどこからどう見ても俺の小鳥《妻》は可愛い。

「美味いか」

「はい！　旦那様、私もうお酒飲めます」

「お、おう。だけど俺がいいと言ったものだけ飲むのは同じだからな」

「……はい！」

返事はいいんだよな。いつもすごく返事はいい。ただ時々そうくるかという理屈で目を盗もうともするし……と思ってる先から俺のグラスに手を伸ばそうとするから、さっと遠ざけた。同じ匂いのミルクを飲んでもいいといったのだから、これも飲んでいいと思ったとかそんなところだろう。これはまだ駄目だと言えば素直に引き下がってちびちびとミルクを飲み始めた。

嫁いできたのが十六歳直前だったアビゲイルは、先日十七歳の誕生日を迎えた。十五歳で成人なのだから酒を飲むのに本来問題はないのだけれど、なにせ虚弱だったし今もけして丈夫とは言えない。当初から見ればずっと丸みを帯びたとはいえ、まだまだ薄い肩を両腕で囲い込んだ。

「なあ、君が読んだというその絵本、勇者がどうのってやつな」

「はい」

アビゲイルは、竜を倒した勇者が城でご馳走を食べたってところしか注目していないようだが、タイトルが『魔王を倒した勇者と姫君』なのだから物語の主題はそこではないのだろう。俺は勿論絵本に詳しいわけじゃないが、父や母も聞いたことないタイトルのようだった。絵本なんて貴族の中でも特に裕福な家で所蔵するようなものだ。大衆娯楽の本はあれど、子ども用のものというのはあまり数がない。しかも書斎だか執務室だかに一冊だけあったという。

魔王の話はロングハーストの民だけに言い伝えられている昔話だと調査の報告にはあがっていたが、絵本のような形あるもので残されているとは聞いていなかった。もしロングハースト伯爵家では、そういうもので受け継がれていたのであれば、伯爵は想定よりもどっぷりと金瞳への忌避感に浸かっていたのではないだろうか。

　直接的な暴力はなかったと聞いている。ただ、ごはんをくれなかっただけだとアビゲイルは言っていた。それは義母や義姉が中心となって行われていたもので、伯爵自身は特に何もしていないとも。まあ黙認してりゃ同じだと思うが。大体嫁いできた時だって、身ひとつで護衛もつけず年老いた御者に連れられてきていたと、後からロドニーに聞いた。

　飼い殺すように幽閉していたと思えば、追い出すも同然の嫁がせ方をし、それなのに今さら襲ってくる集団やら攫おうとする奴が湧いてくる。ちぐはぐすぎて、あそこでは一体『魔王』はどういうものとしてとらえられているのかがわからない。

「言いたくなければいいんだが、その本はどんな話だったんだ」

「竜を倒して認められた勇者が、魔王も倒してお姫様と結婚する話です」

「あ、タイトル通りそのままなのかやっぱり……」

　少なくともこの国で魔王という言葉は、神話の中にちらりと出てくる程度のものでしかない。滅多にお目にかかることはないが、実在する竜の方がずっと人間にとっては恐怖の対象だ。けれど物語でその順番ならば、竜よりも恐ろしいものとして扱われているのだろう。

「旦那様？」

　黙り込んだ俺を不思議に思ったのか、腕の中で身体をひねって見上げてくる金色の瞳はいつも通りに煌めいている。

魔王であった頃に考えたことや感情は覚えていないと言うけれど、時折語られる魔王は何故か感情豊かに思えてならない。それは今のアビゲイルが魔王の記憶を外側から見ているかのように語るからなのか、無意識にでも魔王の感情をなぞるように語るからなのか。

魔王は自分を裏切って殺した人間たちを、憎まなかったのだろうか。

もし、魔王の記憶だけではなく、感情をも思い出してしまったなら。

その時、今この腕の中にいるアビゲイルはどうなるのだろうか。


「――いや、なんでもない」

もうすでに伯爵はこの世にはいないし、ロングハースト家は断絶された。その絵本を読み継ぐ者はいないのならば、今聞き出すことに意味などないと、額に口づけを落として頬ずりをした。

「旦那様、本当のことではないですよ」

「ん？」

両腕を緩めると、よいしょと俺の膝を跨ぐようによじ登って俺の両頬を細く小さな手で包み、真っ直ぐに目を合わせてきた。

「竜はそんなに強くないですし、魔王が生きてた頃にいた竜は今も同じところに住んでいます。勇者に倒されてなんていません」

「お、おう？」

「絵本に描いてあった魔王の絵は全然似てませんでしたし、あれならサミュエル様の絵のほうが似てました」

「なるほど……」

いや、なるほどじゃない。どこから聞きなおしていいのかわからんぞ。

「そりゃ、お城のご馳走がすごいのは同じでしたけど、でも絵に描いてあるご馳走は今思うとそんなに美味しそうでもなかった気がしますし」

そしてソファに膝立ちしたまま、俺の首に両腕を回して抱きしめてきた。えええええ？　どうした？

「絵本は絵本で本当のことじゃないので、怖くないです。大丈夫です」

とんとんと俺の背を叩くのはタバサの真似か!?　俺の真似か!?　え、もしかして俺が怖がってると思ったのか！

「ふっ、ふはっははっ、ああ、おかげで怖くなくなった。ありがとう」

さすがに俺の腹筋も耐えられないし、可愛すぎて抱きしめ返さずにはいられない。

よし、とばかりに頷く小鳥に口づけを繰り返していると、あっと思いついたような声をあげられた。

「閨ですね！　閨します！」

「えっ」

いそいそと膝から下りて寝台へと向かおうと俺の手を引くアビゲイル。いや、明日には王都へまた出発だし、一応屋敷に着くまでは控えるつもりでだな。

「あー、ほら、痛みとかまだ」

「ないです！　治りましたし！　閨は気持ちいいですし！」

どうぞ！　とまた寝台に飛び乗って両腕を広げられれば、それはもう。

ほんとうに俺の妻の可愛さはとどまるとこを知らんな！

7 どんどこどん！　ぴーぴーぴーー！　ぎーろろぎーろろぐるぐるぐる！

やっと！　領都から馬車で四日かけて、やっと牛と羊の街に着きました！

特産が羊なのは隣の街だと聞いていましたが、帰り道にあるこの街にも羊はいるそうです。隣の街は帰り道からそれて馬車で一日かかるので、この街で比べることにしましょうねってロドニーが言うからそうすることにしました。いっぺんに比べられますし。

「ここですね！　ここが牛と羊のおうち！」

酪農と牧羊で栄えたこの街は領都ほどではなくても、かなり大きめの街です。ピザも美味しかったし、これまで寄った街の中では、二番目くらいでしょうか。一番は港町です。領都は入れないでってことですけど。

街を囲う石壁もご立派です。その石壁の外側に沿うように小屋というには大きすぎる木造の建物があって、それが牛と羊のおうちだそうです。ロドニーが牧場主とお話ししている間に、木の柵の向こう側でのんびり草を食んでる牛と羊を見比べることにしました。ちょっと遠くにいますけど、私は目がいいので。

「旦那様旦那様、白黒のと！　茶色のと！　黒い牛がいます！　どれが美味しいでしょう！」

「どれかなー」

「ほっぺのおっきい牛はどれでしょうか。どれも同じくらいに見えます」

「この遠さでよくピンポイントに比べられるな」

「目がいいので！　あっでも羊はみんなもこもこだからお肉たっぷりがどれかはわからないです」

「牛と羊どっちかだからな」

「……はい！」

ちゃんと覚えています。牛と羊の両方は駄目です。どっちかです。イーサンがいたら決めてもらうんですけど、お留守番のイーサンにお土産だから仕方ありません。

「──そういえば、仔牛や仔羊の方が肉は美味いはずだぞ」

「聞いたことあります！　そうです！　そういえば美味しかった！　だとすると、あのちっちゃいほうの……ちっちゃいので足りるでしょうか」

「足りる。心配いらない」

「でも……あ、ロドニー！　イーサンは一匹で足りると思いますか！」

「ぶふぉっ、い、いくら父でも一匹丸ごとは多すぎ、ますよ……と、いうか、ですね」

牧場主とお話ししていたロドニーが戻ってきましたけど、なんだか変な顔してます。口元がぴくぴく震えてるのです。

「お、奥様、ここにいる牛なんですけど」

「はい」

「全部、乳牛、だそうです……っ」

「にゅうぎゅう」

「ミルクのための牛、なので、に、肉はそんなに美味しくない、と」

「牛なのに！　そんな‼」

ショックだったのでしょう。ロドニーがおなかをかかえて柵に寄りかかりました。私もショックです。なんてこと！


今日は割と早めに街に着いたので、宿の食堂には寄らずにまず部屋で落ち着きました。勿論旦那様と一緒のお部屋です。大きなベッドに大きな枕があったから、端っこに座って枕を抱えました。

仕方がないことは仕方がないのです。あきらめなくてはならないことだってたまにはあるのです。羊はちゃんと食べられる羊だっていうし、今はあちこちに草を食べに行ってしまっているから、明日の朝の出発するときに選ばせてもらえることになったのでなんの問題もありません。大丈夫です。

「アビゲイル、アビー、アービー。まだ元気でないのか」

「げんきです」

旦那様は喉で笑いながら、私が顔を埋めている枕を引っ張って覗き込んできました。大丈夫です。ただちょっと枕を抱えたくなっただけです。引っ張られた枕を取り返してまた顔を埋めると、旦那様は頭を撫でてくれました。

「アビー、どうやら今日は祭りらしいぞ」

「おまつり!?」

お祭りといえば、収穫祭のお祭りです。いっぱいの露店と焚火！　枕をぽいっとして窓に駆け寄りましたけど、隣の建物の壁しか見えません。

「花祭りだと。領都の収穫祭ほど大きくはないからここからは見えないが、露店も並ぶそうだし、夕食は露店で食べようか」

「露店食べます！」

宿は街の外門近くにありましたけど、広場はそんなに遠くないとのことで旦那様と手を繋いで向かいます。近づくにつれて、色とりどりの花や旗が飾られた家やお店が増えていきます。

恋人や夫婦は揃いの花を身に着けるらしいと言って、旦那様は私の耳に薄紅色のとがった花びらが幾重にも広がる花をかけました。真ん中が黄色いこの花はローダンセ。これは私の知らない花。旦那様は胸ポケットにさしています。

広場の中心にはお花のいっぱい飾られた櫓が組んであって、周りには露店がみっちり並んでいました。どこかから音楽が聞こえてきます。力強く響く太鼓と高く軽やかな笛と、じんじんと震えるように弾かれる弦の音。

「わあ！　旦那様！　焚火は！　焚火はどこでしょう！」

「あー、ここは焚火ないみたいだな」

「お祭りなのにですか⁉」

「代わりに花櫓《はなやぐら》があるだろう？」

なるほど！　みんな花櫓の周りを囲んで踊っています！　焚火ないのに！

街の人たちが楽し気に踊っているのは、旦那様と夜会で踊るようなのと違っていました。音楽だってもっとなんかおすましな感じだったと思います。義姉のせいで中断された領都の収穫祭で流れてた音楽とも違う。あれはもうちょっと軽やかでした。この音楽はもっとどんどこしてます。ああ、でも見たことないわけじゃないやつです。好き勝手に手足をリズムに乗せてるこれは、魔王がたくさんある目で見ていた村の祭りの踊りにとてもよく似ていました。焚火ないですけど、なんかどんどこな感じが。

「……踊りたいなら、あの人込みの中じゃなくて、ちょっと離れたところで踊ろうな？」

「はい！」

いつのまにか身体がぴょこぴょこしてたみたいです。踊ってもいいって言ってくれたので踊ります。でも護衛たちがちょっと離れて囲んでる中からは出ないように！　ちゃんとできます！

魔王はいつも森の入り口で、村の人たちを遠目に見ながら練習してたのですから！

地面を力いっぱい叩いて踏みしめるように！

空までつかめるくらいに両手を伸ばして！

太い樹だって揺らせる風に乗ってぐるぐるぐる！


「えっえっ、き、君、何か召喚とか雨乞いとかしてるか⁉」

「して！　ない！　です！」

「ごふっ」

慌てたような旦那様の小声の叫びに、息切れしながら答えました。何故だか地面に転がったロドニーを避けて踊ります。この踊りは思ったより手と足が足りません。疲れます。

でも楽しい！　焚火なくても楽しい！

がんばれば小雨くらいなら呼べる気がしてきましたけど、旦那様は呼んでほしいのか後で聞こうと思います。

◆◆◆

きっちりと敷き詰められた石畳を、規則正しい蹄の音を響かせて馬車が進んでいく。三重の城壁に守られた王都の、二の城門を抜けるとすぐに貴族街だ。馬車の窓に張り付いていたアビゲイルが、いそいそと靴を履き始めた。

「この門を、抜けたら、お屋敷は、すぐ、なので」

　整備された石畳だから馬車の揺れはさほどではないが、アビゲイルの軽い身体はいちいちぐらぐらと弾む。座席から転げ落ちないように、靴を履き終えるまで支え続けた。すぐといっても、まだそこそこ時間はかかるのだけれど、待ちきれないのだろう。一番外側で王都を守る三の城門を抜けてからずっとそわそわしている。

「旦那様、イーサンは私たちが帰ってくるのをもう知ってるでしょうか。お出かけとかしてないでしょうか」

「先触れ出してるからな。ちゃんと出迎えてくれるだろう——アビー、まだ立たない」

　立ち上がりかけるアビゲイルの腰を引き寄せ、膝の間に座らせた。素直にすとんと収まりはするけど、窓の外を覗こうと首を伸ばしている。去年、領地から帰ってきた時もそうだったなと思い出す。『ただいま』が楽しいのだと、ここは私のおうちなので！　と力説していた。

　爵位の割に小さ目な屋敷ではあるが、王都内として考えれば敷地はそれなりに広い**おうち**の門を馬車で抜けるとイーサンを筆頭に使用人たちが出迎えに並んでいる。

　跳ねるのを我慢して子爵夫人らしく振る舞い「ただいま」とイーサンに告げたアビゲイルは、もうそれで役目は果たしたとばかりに身を翻して荷馬車に駆け寄った。後ろでロドニーが息を詰めたのに合わせて、ひっそり腹筋に力を込める。

「ほらっお前！　降りてきなさい！」

　羊のためだけに用意した荷馬車から、羊の首にかけた縄を自ら引いて降りたアビゲイルは、それはもうきらきらと目を輝かせて叫ぶ。反対にイーサンは穏やかな笑顔のまま目を瞬かせた。

「イーサン！　お土産です！」

「わ、私に羊をですか。羊を。私に。ひつじを」

「はい！　おっきいお肉美味しかったので！」

「——っ、ありがとうございます。身に余る光栄に、このイーサン、感無量、です」

さすがにイーサンは家令然とした佇まいを崩そうとはしなかったけれど、それでもやはり一瞬のけぞって硬直した姿はかなり腹にきた。背後から聞こえた、ふすっと息の漏れる音はタバサか。お前までか。


料理長をはじめ、使用人たちに土産を配ったアビゲイルは満足しきった顔で自室に戻っていった。旅装をといて湯あみをするよう手配していたタバサが俺の部屋に来たところで、イーサンが「それで」と口を開く。

「主様はともかく、お前たちまで……誰もお止めしなかったのですか」

ともかくと流すなら俺の部屋じゃなくてもいいと思うんだが、ソファに座る俺の横にロドニーとタバサが並びたち、イーサンはきりりと真正面から俺たちを見据えていた。

「……アビゲイルがだな、どうしてもと」

「羊！　羊ですよ⁉　丸ごと‼」

「ぶふぉっ」

「ロドニー！　お前がいて何故！」

「それでも牛よりいいだろう？」

「牛⁉」

「くふぅっ」

「タバサ！　お前まで！　飼える広さの庭じゃないでしょう！」

「あれは食うんだぞ」

「坊ちゃま⁉」

「坊ちゃまやめろ」

それから土産が羊に至るまでの経緯を、頭痛がしているような顔で聞いたイーサンがため息をついた。

「なんてお可愛らしいと思うのですが」

「俺の妻だぞ」

「――本当にあの羊は捌いてしまっても大丈夫なんでしょうね？　奥様は情を移していませんね？」

「あー、一応奥様が世話しないように道中は遠ざけてたんで大丈夫かと」

「……しようとしたんですね？　捌いた途端に奥様がショックを受けるとか、私は勘弁してほしいですよ。お前たちもそこまで考えたんですかっ」

いやぁ、アビゲイルは食い物は食い物としてしか認識しないところあるからな。いわゆる動物を愛でるような情緒はまだ育っていないだろう。それでもロドニーの言うようにあまり近づかないようにはさせてたが……と、ここでタバサが一歩前に出た。

「万が一痩せてしまったらイーサンのお肉が減ってしまうとおっしゃる奥様を、宥めて遠ざけてましたけど？　イーサン？　あなたそんなに不満なら、あなたが奥様に申し上げたらよろしいのではないの？」

ロドニーが一歩後ろに下がって、俺もソファの端に移動した。

「そうね、あなたが言えばよろしいのよ」

「た、たばさ」

「お留守番をしているイーサンは美味しいお肉食べれなかったのでって、牛と羊どっちがイーサンは好きでしょうかって」

「……」

「仔羊は美味しくてもちっちゃいんですけどイーサンは足りるでしょうかって」

「くっ」

「羊は毛もとれるのでイーサンの帽子もつくれますねって」

鼻がつきそうなほどに真顔を寄せてくるタバサに、イーサンが後じさる。ロドニーもまた一歩下がってじりじり扉に寄っていく。俺を置いてくんじゃない。

「何頭もいる中から！　じっくりと何度も！　何度も！　見比べて！　イーサンのお土産なので選んだ奥様に！　元の場所に返してらっしゃいってあなたが言えばよろしいのよ！」

「――すみませんでしたっ」

「わかればよろしい」

両手を腰にあてて胸をはったタバサの圧勝はわかりきったことではあったから、扉にたどり着く前に崩れ落ちて笑ってるロドニーを跨いで部屋を後にした。そろそろ着替えも湯あみも終わったであろうアビゲイルを愛でに行かなきゃならないからな。

◆◆◆

王都はドリューウェットより南にあります。新婚旅行から帰ってくると、出発したときよりずっと日も高くて暖かくなっていました。中庭や前庭のお花も種類が増えています。

でも庭師のお爺が私のために整えてくれた裏庭は、私の好み通りちゃんと森っぽいままです。お花よりも葉っぱや蔦が無造作に繁っていて、木板が飛び飛びに埋められた小道が延びる森。嫁いできたときには全く手が入っていなかったので、もっと薄暗くて小道もありませんでした。私が好きだと言ったら森っぽいのはそのままに、小さな花が所々に咲いていて柔らかな木漏れ日もさす場所に変えてくれたのです。

そこに生えているのはみんな私が知っている植物ばかりですけど、裏庭以外にあるのは私の知らないものが多いです。人間が手を入れたお花や木なので、色とりどりで形もひらひらだったりしゅっとしてたりくねくねってなってたり。

だから今日もお爺は、ひとつひとつ新たに咲いたお花や芽を出した葉っぱのことを教えてくれました。

「あと！　お爺の育てたラズベリーのジャムがのったクッキーをもらいました！」

お爺はおやつも分けてくれます。お爺の奥さんがつくったクッキーは美味しい。ベッドに入る前のおしゃべりの時間は、こうして今日したことを旦那様に報告するのですが、旦那様はいつも嬉しそうに聞いてくれます。いつもはそうなのですけど。

「旦那様？　まだ元気でませんか？」

いつもはソファの前の絨毯にぺたりと座った私を足で挟むようにソファに座る旦那様と、お茶やお酒を飲みながら過ごします。でも今日はソファに私も座らせて背中から抱きかかえ、うなじに顔を埋めたままです。私の話にうんうんと頷いてくれてるのが、ちょっとだけくすぐったい。

私はこれでも結構人間の感情には敏感です。楽しそうだったり怒ってそうだったり悲しそうだったり、なんとなくわかります。ただ、なんでそういう感情になってるのかはわからないのですけど。

でも！　今旦那様が元気じゃないのが何故なのかは知ってます。

お仕事からお帰りになったときに、ものすごく唸りながら、明後日お城に行かなきゃいけないと教えてくれました。第二王妃にお招きされたって。なんと私も一緒にです。というか、最初は私だけがお呼ばれされてたところを、旦那様がどうしても一緒にとお願いしてくれたそうです。旦那様がご一緒してくれるのだから、なんの心配もいらないと思うのですけど、いえ、私一人でも大丈夫なのですが、どうしても心配なのでしょう。旦那様はずっと元気がないのです。また大きなため息がほわっとうなじにかかりました。

「旦那様旦那様、私大丈夫です。サーモン・ジャーキーだってまだありますし」

「それは持っていかなくていいからな」

「いりませんか」

「うん……できれば出さないでくれると助かる」

「そうですか……。そうです！　旦那様旦那様！」

「うん？」

「閨しますかっ」

「ぶぶっ」

旦那様の口から噴き出した息で、くっついていたうなじのとこの肌がぶぶって鳴りました。それから旦那様はげらげらと笑います。閨は旦那様もお好きだからきっと元気になると思ったのですけど、その前に元気になってくれました！

「――あー、すまん。気を遣わせた」

ひとしきり笑った後で、旦那様は私をぎゅうっとしていつものようにつむじに頬ずりをしてくれます。それから目の前のローテーブルからおつまみのナッツをとって私の口にいれてくれました。あ！　これキャラメルナッツ！　ぱりっと甘い飴が絡んだナッツです！　美味しい！

「さっき、呼ばれた理由を話しただろう？」

「ロングハーストのことですよね？」

「うん。もうあそこは王領になったから、君には本来関係のないことになったはずなんだがな」

「はい」

「前に話した通り、何故王領にされたかというと、ロングハーストは元々豊かな土地だから、王家にとって旨味があるわけだ。少なくとも、そう見込んでいそいそと乗り出してきた」

「はい」

「でもこの半年と少し、どうも目論見とは違ってロングハーストはあまり儲けが出ていない。それどころか赤字だという。――といっても、穀倉地帯を狂乱羊に踏み荒らされてすぐに復興できると思うのも、普通なら見通しが甘いとしか言えないんだが」

あの穀倉地帯は領民の食糧ばかりか備蓄も補った上に、領の収益三分の一ほどを占めている場所でした。だからそれが狂乱羊のスタンピードで失われたというのは本当ならとても大変なことです。ただ、ロングハーストは鉱山もあるし、農地は穀倉地帯ほどではなくともほかにもあるし、天候は例年通りでしたので収益は上がらずとも補える程度のはずでした。伯爵家が没落しちゃったのは、伯爵がちょっとあんまり色々と上手じゃなかったんだと思います。

ああ、でも。

そういえば、と、久しぶりにロングハーストの方角へ意識を向けてみます。

「ロングハーストは特殊というか、農地面積の割に収穫量がやたらと多いし、エメラルド鉱山は細々とながら品質も産出量も安定している。だからこその皮算用だったんだろうけどな。それが軒並み他領と変わらない程度の収穫率だし、何故かエメラルドもがくんと産出量が落ちている――君、心当たりがあったりするか？」

「収穫率は他領と変わらないんですよね？　じゃあ普通になっただけですから……なんで駄目なんでしょう？」

「お、おう。駄目ではないな。そうか、ならいいんだ。うん。心当たりがないならそれで」

うん、うん、と旦那様の腕から心なしか力が抜けました。

「そうか、じゃあ気をつけるのは第四王子のことだけだ。あれは第二王妃の息子だか「でも鉱山からエメラルドが出なくなったのは、竜のご機嫌が悪いからですね」――んんんんっ⁉」

あの鉱山の奥、魔王の森に接してるあたりのところに住んでる竜もぴかぴか光るものが大好きで、ご機嫌がいいと鉱山から色んな石が生まれます。生まれた石は竜の住処にぽこぽこ出てくるんですけど、森に接してる側と反対側にある岩山部分にもついでに溜まっていくのです。それを人間が掘っていました。――魔王がいた頃はその辺を掘ってる人間がいなかったのでどうだったかわかりませんが、最近はエメラルドの気分だったのでしょう。多分。

「あの竜は本当にけちんぼで、魔王がちょっと落ちてるぴかぴかの石を見ただけで、慌てて拾って逃げちゃうんです。この間気づきましたけど、魔王だってきっとぴかぴかしたの好きだったはずなんです。だからちょっと見たかっただけなんじゃないかと思うんですけど！　ちょっとも見せてくれなかったんです！　けちんぼだと思い――旦那様？」

気づくと旦那様はぐったりと私の背中に寄りかかっていました。それでもそんなに重くないですから、体重かけてはきてないですけど、なんかぐったりな感じです。

「あー、うん。先に教えてくれてよかった。それ、城で言わないようにな。知らんぷりだぞ知らんぷり」

「――はい！」

大丈夫ですのに。魔物のことはお屋敷でしか言わないって約束してるのですから。ばっちりです！

閑話 はぎすのごえいはしょっちゅうふるえています

僕が生まれ育ったこのドリューウェット侯爵領は武勇を尊ぶ気風もあって、領軍ともいえる私兵に所属できることは領内の男にとって憧れだ。僕が子どもの頃はまだ不作にあえいだこともあったが、領主様一族はそんな中でも領民に寄り添いながら街道を整え雇用をつくり、交易の要所を持つ豊かな領に変えていった。

元々広大な領地をもつ故に魔物の被害も多く、自然と領民は戦う術を磨いていた。交易で豊かになれば移民も増え治安も悪くなるものだが、練度の高さで知られるドリューウェットの私兵にとって手柄を立てるためのチャンスでしかない。

僕も十四の見習いから始めて五年、こつこつと小さなチャンスも逃さずにやってきて、やっとこの春から領都の城付きになれたんだ。片田舎の村では村民総出で祝われるくらいの出世だった。

だからそう、少しいい気になってたのだと思う。いくら国軍で異例の出世を遂げたとはいえ、領にもほとんど帰ってくることのない領主様の次男であるジェラルド様が、こんなに、こんなに桁違いの化け物だなんて——っ。

「君は少し左手の握力が弱いな。鍛えろ」

「……っ、くっ、は」

「返事！」

「はいぃぃいいい‼　ありがとう！　ございい、ます！」

僕と僕の同期二人を相手取った手合わせなのに、散々あしらわれた挙句に模造剣を叩き落とされて痺れた拳を抱え叫んだ。足腰はがくがくですぐには立てそうにない。隣でへたり込んでる同期も同じだ。

ジェラルド様はたいして汗もかかないまま、次々と若手をなぎ倒しては一言の端的な助言をしていく。助言の最後は全て「鍛えろ」だった。僕と三歳しか違わないのに。貴族の中でも抜きんでているという魔力の高さなど関係ない。魔法なしでの手合わせなのだから。


「かっこいいよな……」

「お前まだ言ってんの。そりゃかっこよかったけどさ」

今日は中庭で遊ぶサミュエル様とジェラルド様の奥方の護衛だ。城の警備は万全で特にこんな城奥の庭で警護など大した必要でもないのだろうし、サミュエル様はおとなしい気質の子どもだから、この当番は僕たちの中では『当たり』と言われてる。けれど今日に限って言えば、僕はまたジェラルド様に訓練をつけてもらいたかった。ため息をついてしまった僕のわき腹を相棒が肘でつつく。わかってるって。

「あびーちゃん！　ほら！　ほら！　真っ赤なおさかな！」

「いますね」

「ね！　あびーちゃんとおんなじ色！」

「はい」

お二人はさっきからずっと池のほとりにしゃがみこんだまま動かない。いや貴族夫人があのしゃがみっぷりはどうなんだ。明後日はジェラルド様の結婚披露の宴で、侯爵夫妻ばかりかスチュアート様夫妻まで慌ただしくしているというのに、何故主役の奥方が池をずっと覗き込んだまま動かないのか。

奥方は確かにお綺麗だ。鮮やかで艶のある赤髪は、儚げで華奢な背中をなめらかに覆っている。今は少し離れた位置にいるが、さっきすれ違いざまに目が合った時は、強い輝きのある黄金の瞳に一瞬呆けた。透き通るような白い肌に幼げだけれど整った顔立ち。薄く開いた唇は瑞々しい桃色で。険のある目つきで近寄りがたくはあるが、ジェラルド様も人目を惹く美青年だ。お二人が並べばそれは絵になることだろうけれど。

「なあ、聞いただろ。奥様の噂」

「あー……、やめろよ」

「わかってるって」

去年の収穫祭で騒ぎを起こして処刑された女の妹だとか、男狂いの悪女だとか、古参の先輩たちや上役に聞かれればぶん殴られるのは必須の噂が、今年配属された僕ら若手の中からは消えない。あんなすごい人にふさわしい女性なんだろうかと――は？

「わあああああ！　あびーちゃんすごい！」

「はい！　食べごろです！」

え？

は？

高々と捧げ持つようにあげられた細くしなやかな奥方の両手に、びちびちと尾を跳ねさせる赤い――魚⁉

飛び散る水滴と真っ赤な鱗が、きらきらと陽の光を弾いている。

え？　は？　はああ？　食べごろ⁉

「え？　お、お前今見えた？」

「わわわからん何がおきたいま、え？　えぇ？」

しっかりと捕まえているのか、哀れな魚はどれだけ暴れてもその手から逃げられない。いやお前魚なんで貴族夫人に捕まってんの⁉

硬直してる僕らの横を、音が鳴るような風とともに抜き去っていった黒い影。

瞬きの後、さっきまでサミュエル様と奥方の二人だけだった池のほとりにはジェラルド様の姿があった。

水面すれすれまで頭を近づけたサミュエル様の襟首を掴まえている。

「アビゲイル……それ池に返そうな……」

「ドリューウェットでは生のお魚が特産だと」

「それは食べない魚だ」

「えっ」

見ているだけで何が守れると、その後死ぬほどしごかれた。それはそうだ。サミュエル様がいくらおとなしいからといって、予測できない動きをするのが子どもというものだ。奥方の真似をしようとしたサミュエル様は池に落ちる寸前だった。いやジェラルド様が間に合わなければ落ちていただろう。護衛失格だ。当然だ。

いやでも予測不可能だったのはサミュエル様じゃないだろうと正直今も思う。


一週間後、奥方の護衛に追加募集があった。元々先に移籍していたのは古参の精鋭五人。ジェラルド様が子どもの頃から付き従っていた者ばかりというのもあるが、奥方の護衛と言ってもジェラルド様自身が手練れ故に隠居みたいなものだと噂されていたけれど。

噂なんてものは本当に噂でしかないのだと、僕は一番に名乗りを上げた。


あの予測不能で目にも留まらぬ奥方の動き！

それに全く動じることのないジェラルド様の反応速度！

学ぶことはいくらでも、まだまだあると教えられたのだ。

そう熱く意気込みを訴えた僕を見る班長の目が何やら生温かいのは少し気になったけれど、僕は無事希望通りにノエル家への移籍となり、すぐさまジェラルド様たちの待つ港町のオルタへと向かった。

今回ノエル家へ移籍となったのは、僕を含めた若手三人と中堅が二人だ。オルタに到着してすぐにシフトの調整と注意事項の説明を受ける。去年移籍した五人の古参精鋭のうち、リーダー格の大先輩からだ。外出の際につくのは常に四人。緊急時でも必ず古参二人は奥様から離れないため、臨機応変に動くようにと厳命された。貴人の警護なら基本ではあるけれど、一般的な子爵夫人としては破格の警備体制と言えるだろう。ジェラルド様に警護は不要だから、本当に僕たちは奥様のためだけに配置されることになる。呼びかけ方も『奥様』に統一するようにとのことだが、その理由は知らない。

「奥様は基本護衛しやすいというか、主様に言い聞かされてるらしくてな。俺たちの囲みから出ることはほとんどない。が」

注視を誘うように区切られた言葉に、知らず息が止まる。

「庭の葉っぱ齧ったりするから止めるように」

「はっぱ」

「すごく動きが速いぞ」

一瞬たりとも油断しないようにと言う、昔から穏やかな気性で慕われている大先輩は真顔だ。冗談なのか判別がつかなくて反応に困ったが、オルタを出て最初の宿までの道のりで冗談じゃないことがわかった。どうやら無意識にやってしまうらしい。ジェラルド様の反応速度に追いつける気がしないし、あの予備動作のなさに笑うしかないのに笑えない。宿に着いた頃にはかなり腹筋が疲れていた。やはり鍛えられる……。

着いた宿の食堂では、やけに羊にこだわりを見せる奥様とジェラルド様の座る卓の周りを囲うように、僕たちも交代で席について食事をとることになった。若手は深夜の警備に入るから早くにとらせてくれた。のだけど。

「えっと……お、奥様……?」

めちゃくちゃ僕の皿を見つめてるんだが。その皿につつましく載ってる料理はハギスという。元々は子どもに肉を少しでも食べさせてやりたいと、貧しい村で作られたのが発端らしいそれは、片田舎で育った者には馴染みがあるものだ。けれど慣れない者には内臓の臭みで嫌われる。それでも僕にとっては故郷の味で。領都に配属となり城の食堂で美味しい料理を毎日食べられるようになっても、いやだからこそ、こうしてたまに見かけるとつい頼んでしまう。

「交換してください！　はい！」

フォークに刺さった人参のグラッセが、目の前に突き出された。え、そのフォーク、奥様が今使ってなかったですかわあああああ怖っ！　ジェラルド様顔怖っ！　僕悪くないでしょうこれ⁉　戦々恐々とした思いで人参は辞退して、ハギスを少しだけ取り分けた。でもこれ絶対無理に決まってる。貴族として育った奥様には平気な味じゃないはずだ。奥様の要望なんだからお咎めはないはずだし、ジェラルド様は理不尽な貴族とは違うと信じてるけれど、いや、怖い。顔怖い。

「この料理は、とても元気になる料理ですからちゃんと食べたほうがいいです。それに使ってる羊は、ちょっと魔力ある仔だったみたいなので魔力回復もちょっとだけ早くなります」

美味しくないと言いながらも、奥様はしっかり完食したばかりかそんな言葉をかけてくれた。

それがなんだかむずむずと嬉しくて、だけど魔力回復とか思いもしない効用が出てきたのが不思議で。夜間警護の前の打ち合わせの時に古参の先輩方に聞いてみた。

「警護に必要な情報はいただける。それ以外のことは、うん、そういうものだと思え。慣れろ」

大先輩はまた真顔でそう言った。


「えっえっ、き、君、何か召喚とか雨乞いとかしてるか!?」

「して！　ない！　です！」

両手両足を力強くあちらこちらへと無軌道に振り回して激しく踊る奥様に、今日も腹筋が鍛えられる。

予測は全く不可能ではあったけれど、これもまた鍛錬、なのだと、多分、そう思う。おそらく。慣れろ。僕。

8 おねだりのまえはくちづけをするといいってメイドがおしえてくれました

お爺の整えたお庭だって、ドリューウェット城の庭園だってご立派です。でも王城のこのお庭も結構ご立派なんじゃないでしょうか多分。以前夜会で訪れたときにテラスにも出ましたが、そのときはあんまり興味なかったのでよく見てませんでした。ご馳走食べてて忙しかった。でも今はお爺が色々教えてくれたので、だいぶわかるようになったのです。

「旦那様！　あの白くてふりふりしてるのはライラックのアグネススミスです！　お屋敷にもありますっ」

「ほほぅ……あったか？」

「ありますっお爺に習いました！　ライラックはいっぱい種類があるので、多分ここはライラックのお庭だと思います。人間はいっぱい色々「アビィー、アービー、ちゃんと前を見て歩こうな」はい！」

第二王妃にお招きされて王城に来たのですけど、夜会のときとは違う建物の回廊を旦那様にエスコートされて歩いています。その回廊から見えるお庭に咲く花で、お爺に習ったことのあるのを旦那様に教えて差し上げてました。人間はただ花や草を育てるだけじゃなくて色々変えてますので、そういうのは私にはわからなかったのです。でもお爺が教えてくれてかなり覚えました。

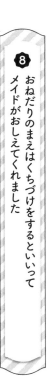

人間のつくったお花はみんな苦いのばっかりです。なんで美味しくつくらないのでしょう。美味しくつくればいいのに。あ、でも去年食べたひまわりの種は美味しかった。

お城の侍女に先導されて着いた場所は、たくさんの薔薇に囲まれた庭の四阿でした。つんとした花びらがきりっとしてる薔薇や小さいけれどふりふりな木薔薇が、多分色ごととか種類ごとに配置されて、て、えっ？　薔薇のアーチの両側にお馬の形をした木が二頭、衛兵みたいに立ってます。二頭。二頭が偶然お馬の形、に？

「だ、旦那様旦那様。なんであの木はお馬の形に育ったのでしょう」

「——っ、あー、トピアリーだな。ああいう形に刈り込んだだけだ」

「ぉぉ」

「ぐっ……アビー、わかってるよな。今日はおすましだぞ。おすまし」

「お任せください」

旦那様が小声で今日の目標をもう一度耳打ちしてきましたので、ちゃんとお返事しました。できてます。なのに旦那様はちょっとだけ眉を下げて、前髪が触れそうな距離のまま囁き続けました。

「すまんな。君にはそのままで自由に過ごしてほしいんだが」

「……？　群れのルールは大事ですので守ります」

群れから追い出されないために守らなきゃならないルールがあるのは、魔物も動物も同じです。ただちょっとだけ人間のルールは意味がわからないの多くて難しい。魔物のルールも意味があるかといったらそうでもないのがありますが、人間のルールはもっと複雑ですし。難しくてもできますけど。お勉強しましたから守れます。

城のほうから近づく人の気配が感じられましたので視線を向けると、少し離れたところで待機していた侍女が礼をとりました。私たちも礼をとって待ちます。ゆったりとした歩みで現れたのが第二王妃なのでしょう。じっと待ちます。カーテシーをとった膝が震えそうですががんばれます。

「よく来ました。楽になさって？」

四阿に入り腰かけた第二王妃にご挨拶した後で、私たちも促されて座りました。侍女たちが手際よくお茶や茶菓子をセットしていきます。親指の爪くらいの小さなローズクッキーで、白や薄紅色をしています。お爺がくれるクッキーはもっと大きくて真ん中にジャムが載ってるからお爺のが好き。第二王妃がお茶とクッキーに手をつけるのを待ってから、ティーカップに口をつけ、あら？　うっすらと薔薇の匂いします。薔薇苦いのに……酸っぱい！　これ酸っぱい！

「ああ、いい香りですね。見事な薔薇園ですが、ここの薔薇を使用したローズヒップティーですか」

「ええ、昨年の秋薔薇の実やここの薔薇を使ってブレンドしましたの。ほら、ちょうど夫人の艶々した髪のように鮮やかな赤でしょう？」

予想外の酸っぱさにびっくりしました。でもおすましは崩しません。口を閉じたままのにっこりを第二王妃に返します。ちょっと瞬きが多くなってしまいましたが些細なことでしょう。あ、アフタヌーンティースタンドきました！　一番下の段にあるサンドイッチは小さい丸とかお花の形にくりぬいてあります！　一番上はちっちゃいスコーンで、真ん中にもちっちゃいケーキ、わあ、ケーキの上にきらきらとした蜘蛛の巣みたいな網が張ってあります！

「……美食家だと噂には聞いていましたが、お口に合うといいのだけど。私的な場ですしマナーも気にせずお好きなものからどうぞ？」

サンドイッチからいただくのがマナーだとは知っています。でもこの場で一番偉いのは第二王妃です。こっそり見上げましたら、旦那様も口角を綺麗にあげたおすましでした。わかります。私は察しがよいのです。これはちょっとだけ悩んでる顔。どれも美味しそうですからね。迷うのも仕方ありません。

「すみません。私もこういった場は久しぶりで……普段武骨な者たちとしか関わっていませんので。寛大なご配慮ありがとうございます」

旦那様はそう言ってから、自分にチーズタルトを、私に木苺《フランボワーズ》がひとつちょこんと載った上に金色の網がかぶさっている白いケーキをと、侍女に頼んでくれました。繊細な彫り物がされている銀の細いフォークでつつくと、軽い手ごたえで音もたてずに網が崩れました。飴！　これ飴でした！　細やかな網だからでしょうか。甘さが少し控えめに感じます。僅かにくっついてきたクリームと一緒にとろけて美味しい！　やっぱりお城のケーキ！

「近頃人気の菓子店から取り寄せましたのよ。なんでも朝早くから行列ができてて、それでもなかなか手に入らないとか」

「お城のじゃなかった！」

だとしたらタバサと一緒に並んでもいいってことです！　なんてこと！

◆◆◆

アフタヌーンティースタンドの二段目にくぎ付けなあたりで、これはもうおすましの意味がなくなったなとは思った。問題ない。想定より早くはあったが想定内だ。肝心なのは天恵や魔物の話が転げ出ないことだし、なんならこのアビーのペースは煙幕にもなるだろう。そうなるといいと願ってるし、なるはずだ。多分。気を抜くな俺。

「お城のじゃなかった！」

あー、美味かったかー……。城補正の期待値を裏切らなかったのに、城のものではなかったことに驚きすぎたんだろう。チェルシー・モーリーン・ウォーレイ妃殿下が、素早く扇を広げてゆるやかに目を瞬かせた。

「――申し訳ありません。妻は城で働く者に並々ならぬ敬意を持っていまして、その、城で出されるに相応しく美味だったからという、そういう驚きでして」

「ああ、そういう……」

チェルシー妃殿下は子爵令嬢という下位貴族から第二王妃にのし上がった人物だけれど、朗らかで気さくな人柄だとして民にも人気は高い。くふっと扇の向こうで息をもらしたかと思えば、ころころと笑い声が続いた。

　有力貴族であるドリューウェット侯爵夫人の母は、王族ともそれなりに良い関係を築いている。今の王家は正妃、第二王妃と二人の妃がいて、それぞれが子を得ているため王位継承権を持つ者が少なくない。それでも王位争いなどのもめごとがないのは、王太子である第一王子が飛び抜けて優秀なのもあるが、正妃と第二王妃の関係が良いせいだろうと言われている。

　チェルシー妃殿下は個人的に苦手なタイプではあるが総じて善人だと、母は評していた。どのあたりが苦手なのかと問えば「殿方にはわかりにくい部分よ」と鼻で笑われたけれど、まあ、おそらく見たままの印象とはまた違う面もあるのだろう。当たり前と言えば当たり前のことだ。

「今度お招きする時には、城のパティシエに腕を奮ってもらうことにするわね」

「ありがとうございます！」

　元気よく礼を言ったアビゲイルが、口元をきゅっとさせて得意げに俺を見上げる。【やりました！】じゃないんだよなああ。

「ドリューウェットの堅物次男のみならず、淑女の鑑と名高いカトリーナ様がとても可愛がっていると聞いていたのだけれど、少し想像と違いましたわ。とても、そう、素直なのね」

「夫も義母もとても優しいです。あっ、このケーキ、挟んであるのバナナの味します！　バナナのクリームですね！」

「あら、もうバナナをご存知なの、ああ、ドリューウェットが輸入してますものね」

「はい！　この間、港町のオルタで初めて食べたのです。クリームにしても美味しい！　すごい」

　にこやかなチェルシー妃殿下と想定外な早さで馴染み始めているアビゲイルに内心ハラハラしつつ、いつでも囀《さえず》りを止められるように構えていると、不意にアビゲイルが視線を向けてきた。

「旦那様！　明日タバサとお店に並んでもいいですか！」

「早速だな……俺が休みの日にしなさい」

「はい！」

「──まさかノエル卿が一緒にお並びになるの？　その、菓子店、ですわよ？」

「ええ、大分慣れましたから」

「私並んだことありません」

「慣れて……？　ノエル卿が？　そんなに？」

「最初は気疲れしましたが、よく見れば男も結構並んでいますよ」

　ほとんど使用人だけどな！　まあ、カフェ併設のところなら女性連れの男もいるし、部下から教えられる人気店は大抵行列ができているんだからいい加減慣れもする。仕事帰りの土産に気づくと、必ずいつでも新鮮に喜ぶアビゲイルのためならもう仕方がないことだ。

　またじっと見つめているフルーツタルトを侍女にとるよう頼む。俺なら一口だが、アビゲイルでも二口程度のものだからまだ腹具合は大丈夫だろう。ついでにハーブティも違うものにかえてもらう。酸っぱい顔してたしな……。

「あら、まあ……ノエル卿が……そうなの……随分とほんとうに……」

「わあ！　きらきらしてるのは金でした！　ちっちゃい金が載って、違いました！　お砂糖でした！　美味しいです旦那様」

チェルシー妃殿下がまた素早く扇を広げたのと同時に、様々な薔薇の合間に植え込まれている白い小花のシルバープリペットが不自然にがさりと揺れた。そこにいることは気づいていたが、さすがに王子が繁みに隠れてるとかどうなんだとあえて黙っていたのに。小さく肩をすくめた妃殿下は、仕方ない子ねと呟いて扇を閉じた。

「アビゲイルさん、とお呼びしていいかしら」

「はい！　……光栄です！」

「――っ、ありがとう。アビゲイルさんのご実家だったロングハースト領のことでお話があったのだけど、まずは緊張をほぐしてもらってからと思っていたの」

「きんちょう」

「お心遣いありがとうございます。妻は、こう、物怖じはあまりしませんので始めていただいて構いません」

「そうね。そうね。それでね、私の名前でお呼びはしたのだけど、実際にこの件を受け持ったのが息子のドミニクで……ノエル卿は察してらしたようね」

おそらくアビゲイルもそこに何かがいるくらいのことは気づいていただろうし、なんなら王家の影がいる位置まで把握はしていただろう。興味がわかないから言わなかっただけのはずだ。現に今もフルーツタルトと真剣に向き合っている。食べにくいからなそれな。食べかけのタルトを皿ごとそっと取り上げて、立って礼をとるよう促した。

「すみません母上。ちょっと面白すぎて……お久しぶりですね、ジェラルド先輩。どうぞ楽にお願いします」

母親譲りの朗らかな笑顔で繋みを回り込んできたのはドミニク・ギディオン・ウォーレイ第四王子殿下――女狂い王子だった。

王太子が飛び抜けて優秀だと言っても、他の王子が優秀ではないわけじゃない。このドミニク殿下だって、王族として高度な教育を受けたなりの能力はある。俺は魔法学校を早期に卒業したから、通ってた時期がかぶるのは一年だけだ。それでも優秀さは聞こえてきていたし、軍に入ってからは噂のみならず業績として伝えられるものもある。社交に長けた第四王子は貴族の派閥間を悠々と泳ぎ、バランサーとしての役割を果たしているという評価らしい。しかし「同じお話聞くなら女性からがいいじゃないですかぁ」などともほざいてるのだから、妻に近寄らせたい男などいるわけないだろう！

◆◆◆

白い小花の咲く繁みはシルバープリペット。お爺に習いました。その後ろに誰かいるのはわかってましたけど、ほかにも隠れてる人はあちらこちらにいますし、その人たちに比べると少し弱いのでかくれんぼが苦手なのでしょう。かくれんぼはサミュエル様に教えてもらいました。ドリユーウェットの城は広すぎるので大広間でやったのです。サミュエル様泣いちゃいました。隠れてって言ったから隠れたのに。いえ、それは今はいいのです。

このかくれんぼの苦手な人が第四王子だそうです。金色のうねった髪と緑色の瞳。瞳の色の揺らぎはそれなりの魔力量が窺えますが、やっぱり旦那様のほうがずっとおつよいです。身長も旦那様より低いし薄っぺらい。

旦那様は何度も第四王子には気をつけなくてはならないと言ってました。女狂いと言っても、能力は高くて仕事もできるって。女狂いだけどって。だから何かに誘われてもすぐに答えちゃいけないのです。女狂いだから。

女狂いって何なのか聞いてみましたら、どうやら見境がないことらしいです。人間は番う相手が一人だったりたくさんだったり難しい。

「噂には聞いていたけれど、この目で見ても信じがたいですねぇ。あの！　ジェラルド先輩が結婚したのすら驚きなのに、夫人の世話までこんなに甲斐甲斐しく焼いているだなんて」

第二王妃の隣に腰かけた第四王子は、あの！　って強く言いながらにやにやしています。ロドニーもにやにやしますけど、少し違うにやにやですね。楽しそうじゃないですから。第四王子は旦那様を先ほどから先輩と呼んでいますが、魔法学校で一年だけ一緒だったそうです。でも第四王子が十三歳で旦那様が十六歳の頃だから、全然親しくないのに馴れ馴れしいって言ってました。

旦那様はおすましで紅茶を口に運びます。私もおすましです。旦那様が酸っぱいのじゃないハーブティに替えてもらってくださいましたし。

「……夫人、随分見つめてるけど、茶に何か？」

「まだ熱いので」

「そ、そう……ジェラルド先輩は普段夫人をなんと呼んでるの？」

「アビゲイルかアビーです」

「へぇ！　じゃあ「ドミニク殿下。ノエル夫人でお願いします」……ええ……」

人間は強いかどうかで偉さは決まらないとはわかってますし、多分王子なので偉いはずなのですが、旦那様のほうがすごく偉い人みたいです。第二王妃は扇で顔を一瞬全部隠してから、すっと背を伸ばして軽い咳ばらいをしました。

「先ほどお話ししたように、ロングハーストはドミニクに任されましたの。今は危うい経営状態ですけれど、無事持ち直せることができれば正式に与えられることになりますわ――ノエル卿、アビゲイルさんも思うことはあるかもしれませんけれど、ドミニクに手助けをお願いできないかしら」

第二王妃はにっこりと形よく口角をあげました。このお願いは命令と同じなのだと旦那様から教えられています。旦那様の予想通りで、断ることはできません。なのになんでお願いのふりするのかよくわかりませんけど。

ではしっかりねと第四王子の肩を軽くさすって席を立つ第二王妃を見送って、また席に着きます。

「先にこれだけは申し上げておきますが、妻をロングハーストに向かわせることは承諾しません。

話だけにとどめていただけますようお願いします」

「もう僕らだけなんだし、この席ではもうちょっと砕けてほしいんですけどねぇ先輩？」

「そこまで親しくしたこともありませんでしたし」

「それなのにそこまで言う先輩のことを僕は気に入ってるんですよって、怖っ！　やっぱり全然丸くなってない！　ねえ、夫人、見たぁ？　今の目つき！」

あ、旦那様のおすまし顔が、ものすごくいらっと顔になりました。私も眉間に力を入れましょう。ドリューウェットの者として！

「え、夫人。なんで息止めてるの」

「アビー、普通でいいから。タルトも食べていいぞ」

「はい！」

帰ったらもう少し練習することにして、途中だったタルトのお皿を手にします。タルトはぽろぽろしちゃうから真面目に食べないといけません。

「ドミニク殿下、ではお話伺わせてもらえますか」

「あー、もう、ほんと相変わらずなんだから。んー、現在のロングハーストの状況ってどこまで押さえてる？」

このタルトはカスタードとタルト生地の間にジャムが挟まってるのですけど、これなんのジャムでしょう。酸っぱみが強いけどカスタードの甘さと混じってちょうどいい感じ。あ、タルト粉々になっちゃった。これすくうのお行儀悪い。でも、さっとすくってカスタードにのっけちゃえばわからないです。きっと。さっと。

「まあ、大体は。といっても、すでに城から派遣した文官たちだけで管理を始めたってところまでです」

「うん、それなんだけど。四日前に伝令鳥が来てさ、どうやら全員死んだみたいなんだよね」

「――それは」

「かん口令敷いたからさ、さすがにドリューウェットといえどまだ掴んでいなかっただろう？　一応死んだと決まったわけではないんだ。ただ、その朝一斉に姿を消して、屋敷が血だらけだったってだけでね」

わかった！　黒すぐり《ブラックカラント》ジャムです！　食べ終わる前にわかってよかった。料理長に言ったら同じの作ってくれるに違いありません。今はまだ季節ではないはずですけど、料理長ならきっと大丈夫。

「発見は誰が？」

「元領主館、夫人の元実家に彼らは滞在していたんだけど、通いの料理人が早朝に出勤した時にはもうそんな状態だったらしい」

「では城への連絡は？」

「元ロングハースト伯爵の補佐をしていた者たちだねぇ。勿論もう騎士たちは向かわせているよ。でもほら、騎士たちはみんなあの地をよく知らないし。せっかくロングハースト出身の夫人が王都にいるのだから、こっちはこっちで少し話を聞いておこうかなと。どうかな。夫人、何か思い当たることとかない？」

「私そこにいませんでした」

「……それはそうだね」

きっとカガミニセドリのせいですけど、魔物のことは話しちゃいけないのです！　旦那様と約束しましたので！

フルーツタルトは食べ終わりました。ハーブティはちょうど良い熱さになったみたいなので、一口含みます。まだもうちょっと食べられるんじゃないでしょうか。旦那様を窺うと小さな頷きが返ってきたので大丈夫です。まだ食べてもいいってことです。そうですよねそうでしょうそうだと思ったのです。

「えっと……先輩？」

「首を傾げるのやめてください。鳥肌がたつので」

「ひどい！」

あ！　とても小さなガラスの器に白いクリーム？　ゼリー？　と赤みのあるコンポートっぽいのが入ったのがあります！　侍女が静かにアフタヌーンティースタンドの向きを変えてくれたので、隠れてたのが見えるようになったのです。やっぱりお城の人は優しい。目が合うとにっこりしてその器をくれました。これ多分チーズクリームです。そういう匂いします。

「まさか今のアイコンタクトはおかわりの許可だったとか……？」

「ええ。それがなにか」

「そういう流れじゃなかったよね⁉」

もったりぷるりとしたクリームと、小さく切られたコンポートを一緒に口へと運びます。あら、とろんとした中にぷちぷちがある。甘くて美味しい。でもこれ何の果物でしょう。いつもなら旦那様に食べてもらえば何か教えてもらえるのですけど、義母上とか家族だけのときじゃないと駄目って、この間習ったばかりです。

「聞きたいことがあれば明確にどうぞ。遠回しな貴族的会話を俺が好まないことはご存知でしょう」

「あまり楽しい話でもないし、女性に直接的な言い方はどうかと」

「旦那様」

「いちじく《フィグ》だと思うぞ。俺が答えるのでご遠慮なくどうぞ」

「えー……」

ちらりと私の手元を見た旦那様はすぐ教えてくださいました。侍女も頷いてます。頷いたまま頭をあげませんけど。ふぃぐ。これはフィグという果物。食べなくてもわかってもらえた！　さすが旦那様！

　はあああって第四王子が大きなため息をついてから、がしがしと自分の頭をかき乱しました。お食事の席でそれはお行儀悪いと思います。王子なのに。教えてあげませんけど。

「派遣した文官たちは、経営を持ち直すのにかなり頑張ってたはずなんだよね。それは報告書からも読み取れてた。ただ現地の人間が排他的っていうのかな。何をするんでも全く協力する気が見られなかったらしいんだ。だから過去の資料もひっくり返して調べてね」

「あの領の人間がよそ者を嫌うっていうのは有名らしいですね。王家は把握した上でそれでも没収したのだと思ってましたが？」

「――もうほんとやめてくださいよー。先輩だってわかってるでしょー？　なんでもかんでも最初から最後まで王族が決めるわけじゃないし、文官がそれなりに道筋つけたものが僕らのとこに上がってくるもんだって」

旦那様は軽く肩をすくめます。旦那様のチーズタルト全然減ってないんですけど、食べないのでしょうか。

「それでね、調べた結果、元ロングハースト伯爵の指示に見せかけてはいるけれど、どうやら要所要所ここぞという時の指示を出していた人物は別にいるようだってところまで、たどり着いたのはわかってる。例えば備蓄量を例年より増加させる指示が出たら、その翌年は何故か収穫量がその分減るんだよ。勿論不正の痕跡はない。彼らの報告はここまでで、次に伝令鳥が持ってきたのが今回の件ってわけ」

フィグのコンポートとクリームの器はちっちゃかった。食べ終わっちゃいました。これでおやつはみっつです。みんなちっちゃかったからもうひとつ食べれると思うんですけど。

「伯爵家の事情諸々考慮して、その人物ってのはノエル夫人じゃないかと、そう見込んでのこの席だったんだけど――ほんと失礼なのは重々承知で、その、そうは見えないというか、想像よりずっとほら可愛らしいというか」

「はい！」

「わあ、元気」

「ええ、妻は可愛いですよ」

「そんなセリフが先輩から出るのも驚きですけど、威嚇されるのも驚きですよ！　顔が怖い！　どうして！」

「旦那様はいつも私に可愛いってたくさん言います」

「へ、へぇ……先輩が……そう……先輩が……」

「だから私は可愛いんだと思います」

「わあ、素直」

「旦那様」

「ん。その伯爵家の事情を考慮したのなら、妻がどう扱われてたかもご存知ですよね。その上で呼び出したわけですか」

旦那様のチーズタルトも美味しい！　滑らか！

「それは本当に申し訳ないと思ってるんだけど、え、何、すごく自然な感じで見逃しそうになったけど今餌付けした？」

「問題が起こったのはわかりました。ただ、先ほど妻も申し上げた通り、そもそも現地に妻はいませんでしたからね。これ以上何をお聞きになりたいんですか」

この間の旅行で美味しいチーズは美味しいミルクから！　って街の人に教わりました。お城にはいい牛がいるのかもしれません。あれ、でも義母上たちと一緒じゃないのに食べさせてもらってよかったんでしょうか。ハーブティで一度口の中をすっきりさせると、また旦那様がチーズタルトを一口くれました。やっぱり美味しい！

「そりゃ怪しい奴に覚えがないかとかそういうのでしょうよ……こっちとしてはさ、こんな状況ではまず疑うのって連絡を入れてきた元補佐たちや発見者の料理人だったりするわけだし」

「……まあ、それはそうですね。ロングハーストは歴史だけはかなり長い家ですけど、王家では何か言い伝えられてたりしないんですか」

「ええ？　何それ？　あそこは確かに豊かではあるけど、特に王家と縁がつながれたこともないし……社交界によく出てくるようになったのも、ここ数年ってところじゃなかった？　あんまり中央に出てくるような家では元々なかったって聞いてるけどな」

「なるほど」

「なになに。先輩なにか知ってます？」

「あそこにいるのはクズばっかりだってことくらいですね。アビー」

「はい！」

口の中が空っぽになったところでしたので、ぴんっと背すじを伸ばします。

「元補佐たちや使用人の中に、特にむかつく奴とかいたか？」

「むかついたことはないです！」

「だそうですよ」

「えー……」

「旦那様」

「もうおしまいな」

今日のおやつはみっつと二口でした。美味しかった！

◆◆◆

菓子を三個と二口食べて、アビゲイルは満足気だ。すっかり全てをやりきった顔をしている。

まあ、俺たちを呼び出したチェルシー妃殿下はもうとっくに退席してるからな。

「美味かったか」

「はい！」

「ではそろそろ」

「待って待って待って！　カフェじゃないんだからね!?」

暇を告げようとするとやはりドミニク殿下に引き留められた。それはそうなんだけどな。駄目かやっぱり。舌打ちをすんでで耐える。呼び出した理由を聞く必要はあったけれど、王家がどれだけロングハーストの過去を把握しているか、今もつながりがあるのか、魔王を倒した勇者とやらを派遣した「お城」は王城のことなのかが知りたかった。少なくともドミニク殿下は魔王について知らないことがわかったからもう用はない。

「一応さー、騎士たちを向かわせているけど、安全が確認されれば僕も視察には行こうと思ってるんだよね」

どっちにしろ僕に与えられる予定だしと続ける殿下に、イラっとするのは仕方ないだろう。あんな土地は要らないが、それでも本来アビゲイルが治めてしかるべきだったはずなのだから。要らないが。

だけどあそこには魔王の森がある。魔王であった時の森での出来事や魔物の話をする時のアビゲイルは、ただ淡々と起きた出来事を語る。いや魔物の話をする時は少し感情が入りはするけれど、大体において懐かしむわけでも恋しがるわけでもなく、望郷の念はあまり感じられない。というか、昨日のことのように話している。

多くの者は故郷を大事に思うものだ。俺にしてもそうだし、だからこそアビゲイルはそういったくくりの中に住んでいないのはわかっていても、それでも、と思うのだ。

要らないけどな！　俺の感傷とアビゲイルが領主としてあそこに縛られることは全く別の話だからな！

「そうですか。殿下が赴くのであれば警備も万全でしょうがくれぐれもお気をつけて」

「で、先輩も同行してくれないかな」

「王族の警護は騎士団の管轄ですから」

「つれないなあ！　もう！」

殿下の同行の言葉にアビゲイルが俺を見上げ、それからあらぬ方向を見つめだした。いやな予感に背中がすっと冷たくなる。……これ以上食べさせたら腹痛が起こるかもしれん。

「旦那様、お店に並ぶのは」

「大丈夫だぞ。同行はしないから次の休みにちゃんと並べる」

「わあ、いい笑顔だな先輩」

「はい！　よかったです！」

そっちの心配だったかー！　よかった！　可愛いなほんとに！

「――ねえ、夫人、ロングハーストの領都でおすすめの食事処はある？」

「おすすめ……行ったことないからわかりません」

俺にしてみたら胡散臭いことこの上ない笑顔をつくりあげたドミニク殿下が話を切り替えたけれど、アビゲイルの答えに眉をひそめた。

「行ったことないって、領主館は領都のど真ん中にあるよね？」

「地図で見たことありますから、真ん中にあるのは知ってます。でも屋敷の外に出たことなかったので」

「あー……うん、そうか。そうだったね」

「……殿下」

「悪かったよ！　ごめんって！　あ、そうだ。じゃあ一番税を納めていた店とかは？」

「陽だまり亭です」

考える素振りもなく即答したアビゲイルに、殿下は胡散臭い笑みをさらに深めやがった。……

これだからこいつは嫌いなんだ。

「そっかー。やっぱりちゃんと話してみないとわからないもんだね。税をたくさん納めてるってことは人気店ってことだ。美味しいと思うよ？　どうだろうレディ、そこで一緒に食事をしてみないかい？」

「おいしいごはんをくれるって言われても、ついていってはいけないと旦那様と約束してるのです」

「……そうだね大事なことだ」

「はい！」

口元をまたきゅっとさせて【褒められました！】と見上げてくる顔が可愛くてたまらない。ちょっと手の力は抜けてくるけれどしっかり髪を撫でてやる。そうだな、君は言ってはいけないと約束したことをちゃんと守っているんだ。

「ごめんね先輩。やっぱりご夫婦で、いやノエル子爵夫人に同行お願いしたいな——ロングハースト元経営陣の一人としてって、怖っ！　顔怖いって！　ごめんなさい！」

でも仕方ないよねと眉を下げて首を傾げられたところで、こいつが王族のお願いを振りかざしたことに変わりはない。俺の声が低くなるのも仕方ないことだ。

「妻を向こうに連れていくことは最初にお断りしたはずですが」

「まあまあ、夫人の意思をまず確認するべきじゃないの？　ねえ、夫人はジェラルド先輩と一緒にロングハーストへ旅行するのは嫌かな？　もちろん菓子店に並ぶための休暇を出発前にとれるように采配するよ」

「旦那様と一緒は当たり前なのです。妻ですので！」

きりりと宣言したアビゲイルに意表を突かれたようで、ドミニク殿下は目を瞬かせた。

「わあ……先輩が激変した理由、わかった気がしたよ。本当に可愛いんだね」

「俺の妻です」

「だから威嚇やめてってば！　――王族の僕が一緒なんだから警護は万全だし、安全は保障する。それに王族が直々に協力を依頼するほどノエル子爵夫人は有能で、王家との関係が良好だと示すのは悪い話じゃないはず。社交は貴族夫人の義務だって風潮の中で、それをせずとも侯爵家の庇護を受けていられるのは、他の能力で貢献してるからなんだって――そう見せたいんでしょ？」

「……別に俺の異常な独占欲のせいだってことで構いませんが？」

「んんーーー‼　間違ってない感じがするからなんともな！」


そう見せたいのだろう？　との言葉は、アビゲイルの能力を低く見積もっているからこそ出てくる言葉だ。所詮有能な補佐たちに囲まれてるからできたことでしかないと思っているのだろう。

それでも協力を要請するのは、内部の情報を知っている人材が欲しいからに過ぎない。

だったらその程度の認識のうちに最低限の協力姿勢だけでも見せて、後は関わらないと言質をとっておくのが落としどころだ。それくらいで引くしかない――くそったれが！　あの口車を公私満遍なくいつでも活用してるんだあいつは！

「旦那様」

「うん」

屋敷へと帰る馬車の中、俺に抱え込まれたアビゲイルはもぞもぞと身じろぎをする。俺の膝に横座りして顔を見合わせれば鼻が触れ合うほどに近いから、そのまま軽い口づけをひとつ交わした。

「ロングハーストでお仕事が終わったら、魔王の森に寄れますか」

「うん？　まあ、用が済めば現地解散できるだろうから寄れないこともないが――あの森は広いだろう。どのあたりとかあるのか」

真っ直ぐに俺の目をとらえる金が、きらきらと期待に輝いていて見とれる。

「地図で見ると！　確かちょっと遠回りだけでいいはずで！」

「うんうん」

「森の中に泉があって！　それが旦那様の色なので！　旦那様と並べるのです！」

あー、そこは俺に見せたいとかじゃないんだなーそっかー可っ愛いなぁ！

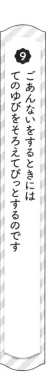

9 ごあんないをするときには てのゆびをそろえてぴっとするのです

美味しいケーキのお店には旦那様と二人で並びました。護衛は並ばないのでちょっと離れたところにいて、タバサやロドニーはお留守番で、だからお土産にいっぱい買ったのです。お屋敷に全部届けてくれるって言ってくれましたけど、自分で持ちたいのでいくつかは小さな箱に入れてもらって帰りました。

「美味しかったし、楽しかったです」

「先輩が並んでたところ見たかった気もするね……」

ロングハーストへ向かう途中の休憩で、持ち運び用のティーテーブルを広げて第四王子とお茶をしています。勿論旦那様も一緒です。初日は私たちだけでお茶をしてたのですけど、その次からは第四王子のところに呼ばれるようになったのです。もう三日目になりました。明日には領主館、元ロングハースト伯爵邸に着く予定です。

「……しかし護衛が十人って、手厚いねぇ。僕の同行者なんだから一緒に護衛してるじゃないですか。そもそも先輩がいればそんなに要らないでしょうに」

ぐるりと辺りを見回した第四王子は呆れたように眉を上げました。別に十人全員が立ってるわけじゃありません。今は三人です。交代するので。でもノエル家で何人いるかは届けておかなきゃいけないって、出発前に旦那様が報告に行ってたからご存知なのだと思います。

「いざとなれば王族を守るのが騎士たちの本務ですから。妻を最優先する護衛が必要なのは当然です」

「その王族警護の騎士も十人なんだけど……」

「殿下がお忍びだからって駄々こねて減らしたんでしょうに」

「だって先輩もいるし」

「私もつよいです」

「今回の俺は子爵として同行してますのであてにしないでください」

ロングハーストに向かうにあたって、旦那様と約束しました。絶対旦那様から離れてはいけないのです。また攫う奴が出るかもしれないからって。だから第四王子を守れないのは仕方がありません。

「がんばってください」

「何を?」

「変な人が来たら私は旦那様の後ろに隠れるので、殿下も隠れるところを決めたらいいのです」

「あー、うん。そうだね」

「練習しますか？　こう、しゅってします。しゅって」

教えて差し上げようかと立ち上がりましたけど、今度にするって言われたのでやめました。でもお茶はやっぱりロドニーのお茶のほうが美味しいですから、次の休憩をご一緒するのお断りしますし、今度はないです。


　今夜の宿はもうロングハースト領内にある町の宿です。この町は領都の次に大きい町だったはず。ロングハースト領は豊かさの割に人口が多くないので、町どころか村も少ないのですが、王都と領都を繋ぐ街道沿いはさすがにちょっと栄えてます。第四王子が連れている騎士は十人ですけど、ほかにもメイドや従者がいますし、私たちのほうにもタバサやロドニーのほかに御者と従者がいますから、全員で同じ宿には泊まれません。なので第四王子とは違う宿に泊まります。

「こちらが一番眺めのよい部屋となっております。お食事は部屋にお持ちいたしますか」

「ああ、そうしてくれ。この二人以外の使用人たちはそれぞれ好きにする」

　ずっとにこにこしている支配人は、タバサやロドニーにも浴室とかの説明を始めました。旦那様はソファの背に上着をかけ、私は部屋を見渡します。真正面の大きな窓の向こうはバルコニーでしょうか。この部屋の左側の扉が主寝室へ続き、右側の扉は浴室や従者用の部屋だそうです。二人用の白い丸テーブルの真ん中には、ぴかぴかの赤い果実がガラスの小皿に盛って置いてありました。

「あ！　さくらんぼです」

「ええ、近くの村から今朝届いた――っ」

私と目が合った支配人は息を呑み、それを見た旦那様が支配人と私の間にすっと立ちふさがります。

「──なんだ」

「い、いえ、失礼いたしました。ではごゆっくりお寛ぎください」

そそくさと部屋を出る支配人の背を、旦那様は眉間にしわをくっきりつくって睨みつけていました。ロドニーがさくらんぼをちいさく齧ってから「大丈夫そうですよ」って教えてくれます。

何がでしょう。

「……アビー」

「ふぁい！」

大きめのさくらんぼは、ぷちっとした歯ごたえと一緒に果汁があふれました。種の周りの果肉を歯でこそぎながら、口の中で転がします。

「いいか。この先、俺やロドニーがいいと言ったもの以外は口にしないように」

「タバサは」

「タバサがいいというものもいい」

「サーモン・ジャーキーは」

「またポケットに入れてたのか。それもいい」

「はい！」

サーモン・ジャーキーをもう一度ハンカチに包んでポケットにしまいます。今はさくらんぼなので。もうひとつ食べようとしたら、タバサがハンカチを私の口元に持ってきました。

「奥様、種を」

「……」

「……アビー、種も食べないように」

「はい！」

タバサは飾り戸棚から小皿を持ってきて、さくらんぼをみっつ取り分けてくれました。これは夜ごはん前に食べてもいい分。元のお皿からさくらんぼをひとつとって、枝を外して旦那様の口元に持っていきます。

「大丈夫です」

旦那様は私の指ごと食べてから、美味いなって笑ってくださいました。

そうでしょう。これは美味しいさくらんぼ！


夜ごはんは、ロドニーがカートを押して持ってきてくれました。ロドニーだって宿にお泊りしてるお客なのにって思ったのですけど、「ちょうど廊下で従業員と会ったので」ってにっこりされました。屋敷でするのと同じようにロドニーとタバサがサーブしてくれたのは、ロールキャベツです。とろとろトマトの果肉がまとわりついたキャベツの葉は、きっちり畳み込まれていてピックも刺さってません。ナイフを入れるとするって切り離された葉っぱは歯に挟まらないくらい柔らかい。これは中身が熱いやつなので注意せねばなりません。

「あ！　ナッツ！　ナッツも入ってます！　美味しい！」

ひき肉にはスパイスや野菜を刻んだものと一緒に砕いたナッツも入っていて、ほろほろじゅわっとしたお肉のアクセントです。ちょっと熱くて舌がぴりぴりしたけどこのくらい大丈夫。

「アビー」

旦那様が小さな声で詠唱をすると、お水のコップがキンッて鳴りました。あ！　冷たい！　魔王だったらテーブルも一緒に凍らせてました。きっと。今は試したことないからわかりません。さすが旦那様。凍る一歩手前くらいに冷たいお水をしばらく口の中にいれていれば、すぐぴりぴりはおさまりました。

「そういえば魔王はどんな魔法も使えたんだろう？　やっぱり治癒魔法もできたのか？」

「魔王は怪我しなかったのでわかりません」

「あー、なるほどな」

「たまに端っこがいつのまにか切れてたりしてたことはあったのですけど、それはほっといたらすぐ戻ったので」

「お、おう。怪我の概念がなかったか」

次はきのこです。おっきなエリンギが分厚く切られてるソテーは、バターとにんにくのいい香り。歯ごたえがきゅっきゅっきゅってします。

「美味いか」

「はい！」

オニオンスープはちゃんと火傷しないで食べられましたし、細切りにんじんのサラダはぱりぱりしゃりしゃりして美味しかった。ロングハーストにも美味しいものがあるとわかったので、きっと今回もイーサンのお土産にいいものが見つけられると思います。いいのがなければ森の泉でいい感じの石を拾いましょう。それがいいです。

◆◆◆

アビゲイルを寝かしつけてから寝室を出ると、ロドニーが寝酒を用意していた。グラスの隣にある瓶のラベルを見れば、かなり強めの酒なのがわかる。

「〝凍てつけ〟」

口の中で詠唱すると、いびつで不揃いな氷がふたつ、からんからんとグラスに落ちた。手にしたグラスの中で、氷と酒をぐるりと馴染ませているのを見つめながらロドニーが口を開くのを待つ。日も落ち始めているのになかなか運ばれない食事を気にして、二人が廊下の様子を見に出た時の様子が報告された。

「従業員が廊下で食事の載ったカートを押し付けあってたんですよねー」

「高級宿が聞いて呆れます。客から見えるところでそんな不作法をしているだなんて」

タバサは苛立たし気にハンカチをきりきり両手で絞る。

「支配人からして様子がおかしかったからな。何か聞き出せたか」

「……金瞳が、とかだけでしたねー。言い伝えだかなんだかが染みついた者の妄執というかー、害意というより忌避感ですかね」

「念のために全ての料理の毒見をその場でさせました。問題はありませんでしたし、明日の朝食にも何か仕込むような真似はしないでしょう」

明日も同じように毒見をさせると命じましたからねと、手にしたハンカチで扇を叩きつけて開くような仕草をしてタバサは言い切った。

「領に入ったばかりでこれか。先が思いやられるな……」

「やはり護衛を全員連れてきてよかったですねー」

「元々アビゲイルのためだけにつけた護衛だ。連れてこなきゃ意味がない」

不本意に来ざるを得なくなった今回の同行だが、そのうち直接調べに来た方がいいとは思っていたから、この際存分に利用すべきだろう。少なくともアビゲイルを狙う奴らの正体は突き止めたいし、なんなら叩きのめしておきたい。

「しかしこれほどまでに金瞳への偏見が広範囲に根付いてるとは……」

「閉鎖的な土地柄故でしょうか」

「魔王の森にべったりと依存するかのように広がっているくせにねー」

「近いからこそその畏怖だとも言えるがな」

魔王の森は連なる岩山に囲まれていて、それはまるで王都を守る城壁のようだ。こちら側にはちょうど入り口だとばかりに、ぽかりと岩山がとぎれた場所を領都として、そこから森に蓋をするかのように領地が広がっている。

「まあこれで、ここの領民に情けをかける必要もないのがはっきりしていい」

「領主館の使用人は、元伯爵夫人とともにすでに排除済みというお話だったのでは？」

「……父上はそう手配したはずなんだが、どうやら派遣した文官どもが情けをかけたらしい。元伯爵夫人はきっちり追い出したようだが、使用人まではだと。排除したところでどうせまた雇うのは地元の領民だっただろうけどな」

「あらら。それじゃカガミニセドリにやられても自業自得だったんじゃないですかー？」

「さすがに情けをかけてそれじゃ釣り合いがとれないでしょう」

　タバサはロドニーを窘めるが、あまり本気で思っているようでもない。侯爵家からの指示を軽視したのだから、生きていたとしてもそれが判明すればそれなりの制裁は受けただろう。……業務上では有能だという評価を受けた者たちばかりだったそうだ。ここ《ロングハースト》でさえなければ、その采配も咎められることまではなかったかもしれないが。

　第二王妃に招かれた茶会の日、屋敷に帰るなりアビゲイルが告げたのは、文官たちはカガミニセドリにやられたのではないかということだった。

　そもそも王都邸にカガミニセドリの卵が紛れていたことだって、不自然すぎると思っていたからこそ、城壁外を警邏中に発見したとか、色々ごまかしながら研究施設に届け出ておいたんだ。城壁に堅く守られた王都内で、これまで未確認の、しかも普通なら自分より賢い生き物の巣に仕込むことはないという魔物の卵が唐突に現れるものか。もし、というか、まず間違いないのだろうが、今回の件もカガミニセドリの仕業であるならば元伯爵家周辺の奴らが何かしら関わっている可能性は高い。偶然だと片付けるのはめでたすぎる。

「カガミニセドリを発見して届け出たのは俺だ。現地に入りさえすれば何かしら紐づけて警告も出せるだろう。二人は護衛たちを上手く使って探ってみてくれ。だが言うまでもなくアビゲイルの安全が最優先だ」

一気に酒を飲みほしてテーブルにグラスを叩きつけるように置く。分厚い底のグラスはタンっと小気味よい音を立てた。

◆◆◆

ロングハースト伯爵家、いえ、元ロングハースト伯爵家に着きました。領主館でもあります。第四王子たちはもう先に着いていて、出迎えを受けています。ずらりと並んだ顔ぶれは見覚えのある人たち。先頭で第四王子に挨拶をしているのは補佐役の筆頭だったと思います。確か男爵で髪の毛があんまりありません。

旦那様のエスコートを受けて馬車から降りると、護衛たちがぐるっと半円を描くように私たちを取り囲みます。みんな大きいし、旦那様は私の目の前にいるから前も後ろも見えない。第四王子が旦那様を呼ぶ声だけ聞こえました。挨拶が終わってというか、旦那様は「ああ」と簡単に流してて、やっぱり第四王子より偉い感じがします。さすが旦那様。

ではこちらへどうぞと私たちを部屋へと案内するため、エントランスから二階に続く階段へと誘導するメイドも知ってます。お仕事の手伝いをしたらパンをくれたメイドです。目が合うと、旦那様並みに眉間がぎゅっと寄りました。

ここです！　ここで私はちゃんと主張しなくてはなりません！　ノエル子爵夫人として！　ずいっと旦那様より一歩前に出ます！

「旦那様は！　客室にお泊りします！　私の部屋の寝床では旦那様の足がはみ出ますし！　それに私も旦那様と一緒のお部屋に泊まります！」

「はぁ？」

「妻ですので！」

これは譲れないのです。私は旦那様と一緒がいいのですから！

扇は持ってないので腰に左手を当て、顎を引いてお胸を反らします。偉そうなおすましは義母上に習いました。きりりとしましたら、タバサが私のさらに前へと勢いよく一歩出ます。そしてメイドの顎を片手で掴み、ぐいっとひねりあげたのです。あらら？

「なんです？　たかが没落伯爵家の元メイドごときが、我が奥様にその態度」

タバサが！　タバサが怒った！　わあ！

メイドはただでさえタバサに掴まれて歪んだ顔をさらに歪めて、それでもきょろきょろと視線を泳がせながらなんとか口を開きました。

「……おくっ、奥様って」

「ノエル子爵夫人アビゲイル様です。お前たちが侮っていい相手ではありませんよ」

「だ、だって、あいつはっ、や！　痛っ！」

とととっと、二歩三歩と踏み込んでタバサはメイドを階段の手すりに押し付けます。メイドは釣りあげるように顎に食い込む指を引き離そうともがくのですが、その両手の袖はタバサがもう片手でまとめて掴んでいました。いつのまに！　わあ！　タバサすごい強かった！　タバサ強かった！　私は思わず両手を握りしめて跳んでしまいました。

「タバサ」

「……出すぎた真似でございました」

振り払うように手を離されて、メイドはその場に崩れ落ちました。タバサはぴしっと一礼して私の斜め前に戻ります。あら。いつもなら斜め後ろなんですけど。でもそんなことはいいです。タバサはすごいのですから。

「構わん。雇い主に始末を問おう。――殿下。御覧の通り、殿下に雇われた者が俺の妻に無礼を働いたため、部下が動きましたが問題はありませんね」

「い、いやっ、わぁ、そうだね、確かに僕が雇っていることになるね……まいったな」

急に話を振られたからか、第四王子は肩をびくっとさせて弱り切った表情をしました。

「ここの使用人はどうやら全く躾がなっていないようです。殿下が連れてこられたのは身の回りの世話をする侍従でしょう。滞在中は屋敷の采配に慣れているうちの者が指揮をとることでかまいませんね？」

「なっ」

「黙れ。お前に発言の許可は出ていない」

「あー、うん。任せよう」

筆頭補佐の男爵が声をあげましたが、旦那様に窘められて黙りました。旦那様はおつよいですからね！　第四王子の頷きを受けて、旦那様は護衛の一人にメイドを拘束するよう視線で促します。第四王子のほうを客室へ誘導しようとしていたロングハーストの元家令や、勢ぞろいしていた元使用人たちは、おどおどとその場で足踏みをしていました。そこにロドニーがいつものののんびりではないはりのある声で、てきぱきと指示を出していきます。第四王子たちを案内する者と、私たちを案内する者、残りは使用人の休憩室で待機するようにと。護衛に捕まえられたメイドもそっちです。

「アビー」

「はい！」

私はしっかり旦那様がきれいな客室にお泊りできるように！　子爵夫人らしく！　要求したのです！　これは褒めてもらえるところのはずです。踏み出した足を一歩戻して旦那様の横についいて見上げましたら、やっぱり優しい手つきでつむじを撫でてもらえました。でも何故でしょう。ちょっと旦那様悲しそうです。

「旦那様どうしましたか。ちゃんときれいなお部屋を使えますよ」

「ああ、君のおかげだな。ありがとう——一応、君が使ってたという部屋も見せてもらっていいか」

旦那様にはちっちゃいですよと言っても、見るだけだというのでご案内します。ここを出てから一年とちょっとしか経ってませんからね。忘れてなどいません。しっかり屋敷の中はどこでも案内できます。

「こちらです！」

私は先頭に立ち使用人用の通路を通って、地下へと続く階段を下りていきます。あ。カビくさい。やっぱりお掃除の上手な私がいなかったせいです。ノエル邸に行って確信しましたけど、この使用人たちはお掃除下手です。私が一番上手。

階段を下りて三番目の扉が私の使っていた部屋です。ずっと閉じられていたせいか、建付けが前よりも悪くなった扉をがたがたしてたら、旦那様が開けてくださいました。もわりと湿気のこもった空気が顔を押します。ちっちゃいくしゃみがひとつ出ました。あちこち割れて引き出しも開かなくなったキャビネットやクローゼットが押し込められたその隙間を抜けて奥へ進めば、私が二人分両手を広げたくらいの空間があります。石壁は少しひび割れが増えたようですが、床はまだかろうじて平らです。部屋の角に四角く敷き詰めた薄い藁は、一年の間に水分を吸ったのかべったりしてるのが見てとれました。

「……ここ、だと？」

「はい。旦那様。今見ると思ったより寝床はちっちゃい気がします。私は大きくなったので、これじゃ旦那様だけじゃなくて私の足もはみ出ちゃいます。私おっきくなりましたから！　やっぱり客室を使えるように言ってよかったです。私はいいお仕事をしました！」

「うん……そうだな。さすが俺の妻だ」

旦那様は私をぎゅうっと抱きしめて頬ずりをしてくれます。今夜もちゃんとこうして抱っこして眠れるのです。旦那様の広い背中に手をまわして、ぎゅうを返してあげました。

「行いは自分に返ると、ここの奴らに教えてやろうな」

旦那様がすっごく低い唸り声で呟いたので、つむじに響いてくすぐったかったです。

◆◆◆

アビゲイルがロングハーストでの過ごし方を語ることはよくあった。いつだって淡々と何かの話のついでになんということはないように話していて、それを聞き、その状況を想像して怒りをため込んでいたものだ。

——聞くのと見るのとじゃこれほど違うのか。

きりりと張り切って自分が使っていた部屋へと案内するアビゲイルの後を、ロドニーたちとともについていった。ドミニク殿下まで後ろに続いていたけれど、面倒だから放っておく。薄暗い使用人通路からさらに灯りも落とされた地下への階段、じめじめとかび臭い空気と割れた石壁に泥がこびりついた石床、黒ずんだ木の扉。あれ？　あれ？　と言いながら建付けの悪い扉をがたがたさせるアビゲイルに代わって開けると、そこは古びた安っぽい家具や木箱が無計画に詰め込まれただけの部屋だった。

アビゲイルはすいすいと進んでいくけれど、俺たちは体を横にしなくては通ることができないような隙間を抜けていけば、その先にある僅かばかりの空間が自分の部屋だという。申し訳程度に広げられた藁が寝床だなどと、うちの馬だって寝床の藁はもっと心地よさげに整えてもらっている。

どす黒い塊が胸を塞いだ。

嫁いできた時のやせ細ったアビゲイルが、ここで丸くなって眠っていたのかと。

こんな誰も下りてこないような場所をせっせと掃除して、その代わりに与えられたパンを齧っていたのかと。

それはどれだけ小さな頃からだったのか。

アビゲイルにはタバサをつけ、旅装をといて一休みするようにと言い残してから、割り当てられた客室を出た。もちろん護衛を三人ほど廊下に置いておく。手の空いた者は周囲の警戒にと外回りに出し、適当な空き部屋に入り込んで、そこにあった椅子だのテーブルだのを力任せに蹴り倒した。

戦場にだって出てきた。荒れて飢えた村も、華やかな王都の裏にある貧民街だって見てきた。哀れな子どもたちなど、見すぎてもう心が動くことなどさほどなくなっていた。

けれどこれはない。気候や魔物による災害を予知して回避方法を授けるという、領地経営のくくりに入らないほどの恩恵を享受しておきながら、誰も使わないであろう地下室の掃除を命じるような嫌がらせとパンひとつが対価だと？

豊かなロングハーストであれば、本来与えられる生活はそんなものとは縁遠いものだったはずだ。腹を空かせることも荒れた指が痛むことも、凍えて眠ることだって想像すらできないまま育っていただろう。

怒りで涙が出るなど初めての経験だ。袖で乱暴に目元を拭って、乱れた呼吸を整えてから、しれっと部屋の中までついてきて壁際に控えていたロドニーに声をかける。

「使用人が伯爵令嬢にした仕打ちとして、一番重い罰はなんだったろうな」

「鞭打ち五回の後で解雇ってとこですかね」

「足りんな」

「ですねー。うちの侍従や護衛たちに尋問を指示しておきました。あの仕上がりの使用人たちなら余罪もごろごろ出てくるんじゃないですかねー。どんどん積み上げていきましょう」

ロドニーはいつもの笑顔をつくりきれないのか、その口元が強張っている。さっきアビゲイルとともに部屋に残してきたタバサは、さすがに表情に出していなかったが喉が震えていた。

　脚の折れた椅子はそのままに部屋を出ると、ドミニク殿下がばつの悪そうな顔をして突っ立っていた。面倒だから放っておいたが、野次馬根性丸出しで地下までついてきてたからな。今になってロングハーストまでアビゲイルを連れ戻したことへの罪悪感を覚えたとかそんなところだろう。こちらからわざわざ気を使って水を向ける必要もないしと会釈だけで済ませれば、すれ違いざまに「すまなかった」と一言がかけられた。

「俺が受け取るべき言葉ではありませんし、妻はその意味を理解できないでしょう。だから遠ざけたままでおきたかった。おわかりいただけましたか」

「……使用人たちの処分も先輩に任せるよ」

　貼り付けた貴族の笑みで受けてアビゲイルの待つ部屋に向かった。任せられて当然の裁量権をもとに、あいつらをどうしてくれようかと段取りを考えながらノックも忘れて扉を開けると。

「こう！　こうし、て！　こう⁉」

　メイドの手を拘束したやり方を、アビゲイルがタバサに習っていた。あー、跳ねながら見てたもんな……。

「あっ旦那様！　いま！　タバサにさっきの習ってて！」

　駆け寄ってくるのと同時に俺の袖を掴んで再現しようとするのを、腕をくるりと回すことで外し、そのまま抱きしめた。

「あれ⁉　今旦那様どうやりましたか！　あれ⁉」

もう一度やってみせてくれと腕の中で強請る姿に、胸を重く塞いでいたどす黒い塊が溶けていく。知らずこぼれる笑みをそのままに、小さく跳ねてる柔い身体の感触を堪能していたら、ぴたりと動きがやんだ。あら？　と俺の胸元をさすって確かめ、覗き込むように見上げてくる。

「旦那様のお着替えがまだです」

「ああ、これからちょっと屋敷の周囲を見回ろうかと思ってな。君はゆっくり」

「ご案内です！　ご案内ですね！」

元々ここにいた使用人どもは排除したのだから、ゆっくりできるだろうと休ませるつもりが前のめりにくいつかれた。

「どこから回りますか。えっと、東のほうにはどんぐりのなる木があって！　西側からは、あれ、違いました。西はこっちです西側には卵を産む鳥、鶏の小屋があって！」

その場でくるくる回りながら指さす方向にあるものをあげていく。着替えた部屋着の柔らかく軽い生地は、アビゲイルの動きに一拍遅れてひらひらなびいた。飛ぶ蝶を網でとらえるように抱き上げて疲れはないかと問えば、元気だと言葉以上に弾んだ声が返ってくる。馬車で昼寝をすませてたせいもあるか。

「だったらもっと暖かい上着か何かを羽織ろうな。そうしたら少し散歩でもしよう」

「はい！　タバサタバサ！　上着がいりま、わあ！　もうあった！」

振り返るともうタバサが複雑な模様で織られたフード付きマントを広げていることに歓声があ

がる。わかるぞ。生まれた時からの付き合いがある俺ですら、コフィ家の先回りにはびくつくことがある。意地でも顔に出さないが。

この領都辺りは高地にあるから、初夏とはいえ今日は少し肌寒い風が吹いていた。

マントの襟元まできっちりと閉じて、ぴょこぴょこ跳ねながら俺の手を引くアビゲイルは、王都のノエル邸《てい》での姿と変わらない。どんぐりと、リンゴンベリーと、アプリコットは庭に植えられていて、庭師が手を付けない奥の方にあるこぢんまりとした雑木林にあるのは桑の実《マルベリー》、うん、全部食い物だなと納得しかけてから、最初にあがったどんぐりを思い出して首を傾げた。

「……どんぐりは美味いのか？」

「え。美味しくないですよ？」

何故心配げにされるんだ。食わないぞ。

◆◆◆

旦那様をご案内です。お庭や雑木林には美味しい実がなっているものが割とあります。いっぱい食べてもすぐにおなか空いてきちゃうのが難点ですが、もらったカチカチのパンより美味しいし、大切な食糧でした。今となってはもっと美味しいものも私は知っていますけど、それはそれです。今時期でしたら桑の実がそろそろでしょうか。旦那様は何故かどんぐりを気にしていましたが、それは後のお楽しみにしてもらいます。お庭をぐるっと回りましたので、その奥の雑木林のほうへと旦那様の手を引きました。

「アビー、ちょっと待て。俺が先に立つから……何故ためらいなく突っ込むかな……」

ちょっとちくちくするとげのある藪に入ろうとしたら止められました。前はこっそりとよく通っていたので藪が薄くなっていたのですが、さすがにもう今はみっちり藪だったからみたいです。風の魔法で切り払って小道をつくってくださいました。お上手です。通りやすくなった道をするする抜けると、お馴染みの大木がありました。

「旦那様これです！　ほらたくさん！」

「アビー！　登らない！」

いつも使っていたちょうどいい枝ぶりのところを掴んで幹に足をかけたところで、腰を抱き寄せられました。でも登らないと桑の実とれないのに。葉がわっさりと重なっている間から覗く黒い実が、下からもよく見えます。

「食べごろで美味しいですよ」

「俺がとるから」

「桑の実はすぐほろほろってこぼれてつぶれちゃうから、そうっととらないといけないのです」

「うんうん」

「旦那様ご存知でしたか」

「まあ遠征での食料は現地調達もするし、士官学校でも叩き込まれるからなっと」

〝切り裂け〟と旦那様がまた呟くと、桑の木の高いところにある葉がざざっと揺れました。ばらばらと散った実がつむじ風にのって旦那様の大きな手のひらに収まっていきます。その手のひらを覗き込むとまさに食べごろ！　黒々と艶のある粒々が寄せ集まって大きな粒になった実です！

「――なんだこれ」

「桑の実です！」

「大きいだろう⁉　苺くらいあるぞ⁉」

ひとつ摘まんで食べましたら、ぷちぷちと舌でつぶれて甘酸っぱさが広がりました。美味しい。そりゃ庭師のお爺が育てたベリーはびっくりするほど美味しいですが、これだって負けてないくらい美味しいです。

「旦那様！　大丈夫です！」

旦那様の口元にも持っていくと、ぱくりと食べてくれます。

「美味いな……桑の実ってこんなに雑味のない味だったか……？」

ものすごくじっくりと旦那様が味わっている間に、もうひとつ食べました。美味しい。

「木に登れるようになってからは、毎年この時期はずっとこれがお昼ごはんでした。旦那様、何かお胸がほわほわな気がします。なんでしょう」

「……懐かしいんじゃないか」

「なるほど！　そういえば去年は食べれませんでした！」

もうこの時期は旦那様のところにいましたから桑の実食べてないです。ざわりざわりと梢がおおきくゆれました。

ことしもおまえはおいしいですよ。

桑の木のてっぺんを見つめて褒めてあげていたら、旦那様は突然慌てたように私を抱き上げました。

「アビー?」

「旦那様、もっと欲しいです。タバサとロドニーたちの分です」

「お、おう」

またざざざっと鋭い風が枝を薙いで、広げたスカートの上に桑の実が次々たくさん落ちてきます。やっぱりお上手!

◆◆◆

――連れていかれるのかと思った。

梢を見上げるアビゲイルの金瞳が、またここではないどこかを見ていて、そしてそのどこかから応えがきてしまいそうで、慌ててその身体を抱き上げた。赤く染まった指先で休むことなく実を口に運びながら「お上手です旦那様お上手」と囀るアビゲイルに強請られるまま、桑の実を落とし続けて膝に山盛りとなったところで我に返る。

「あれっどんぐりはいいのですか大丈夫ですか」

「大丈夫ってなんだ。それだけ膝に載せてたらもう拾えないだろう」

何故か気を使い始めたけれど、抱きあげたまま部屋に戻った。なんで俺がどんぐり欲しがってることになってるんだ。というか、どんぐりの季節じゃないだろう。

「主……？」

「……桑の実だ」

「桑の実です！　タバサの分とロドニーの分と！　いっぱいあるから護衛や従者にもあげていいです！」

「くわのみ」

「アビー、スカート持ち上げすぎだ」

「はい！」

つまんだスカートに載っている桑の実を、木のボウルに移しているタバサが送ってくる鋭い視線から顔を背けた。ドレスに点々とついたあの赤い染みは、やっぱり落ちないものなんだろうか……。

アビゲイルが着替えるためにタバサと隣室へ出て行った後、ロドニーが囁き声で叫んだ。

「でかいよねー⁉　これでかいでしょー⁉　しかも季節少し早いよねー⁉」

「だよな⁉　でかいし早いよなぁ⁉」

騎士団を先行させているとはいえ、血生臭い事件が起きた場所にお忍びでと駄々をこねたどこぞのボンクラ王子は、当然料理人など連れてきてはいない。俺もそうだが騎士たちも王族の食卓に載せるどころか、野営だから食わざるを得ない程度のものしか作れない。よって、元伯爵家の料理人たちを使うしかないわけで。うちの護衛からも厨房へ監視に出した。そしてタバサも今厨房に入っている。

「タバサ、お菓子もつくれるなんてすごいです。やっぱりタバサはすごい」

アビゲイルはずっとそわそわしている。桑の実を使って菓子を作ると聞いてからずっとこうだ。いつもなら厨房へついていってるところだが、屋敷の中をあまりうろつかせたくなくてここで待たせていた。

「わー期待値たかーい……」

「タバサの作るコブラーは美味いだろう」

「や、そうですけどー」

ベリーや桃にビスケット生地を載せて焼くタバサのコブラーは、子どもの頃にコフィ家で食べた以来だから少し楽しみではある。それしか作れないとか言える空気じゃなーいとロドニーは呟くけれど、タバサは元々男爵令嬢なのだし一品でも得意料理があるなら上等だろうにと苦笑しているところに、少し遠慮がちなノック音がした。

「はい！　どうぞ！」

「こ、こら！」

「早っ」

飛びつくように勢いよく扉を開けたアビゲイルを引き寄せて背中に隠すと、叩いた手をあげたまま突っ立っているドミニク殿下と目が合う。

「しょ、食事でも一緒にどうかなって」

無駄に爽やかな笑顔を見せたボンクラ王子に渾身の笑顔を返して扉を閉めた。

⑩ だんなさまはもしかしたら すこしだけこわがりなのかもしれません

大きなパイ皿は分厚い陶器でできていて、保温のための木の蓋がされています。タバサがそれを開けると、ビスケットの優しい匂いと桑の実の甘酸っぱい匂いが湯気と一緒に混じってふわっと広がりました。夜ごはんの後のデザートです。コブラーはタバサのお得意なお菓子だって聞きました。コフィ家では昔からよく食べてたって。私は初めて食べます。

第四王子は旦那様にたくさんおねだりして一緒の食卓につくことができました。口づけはしてなかったです。でも厨房から戻ってきたタバサは、王子を見て一瞬動揺してました。私にはわかります。ロドニーの分がなくならないように私がしっかり見張るから大丈夫。

「まだもう一皿ありますから大丈夫でございますよ」

私のお皿にサーブしながら、こそっとタバサが耳打ちしてくれました。よかった。パイ皿からサーバースプーンですくったコブラーに生クリームが添えられます。真っ黒な桑の実の形は崩れていないけど、真っ赤な果汁がとろりとしたソースになって、ころころとしたビスケットの下に広がっていました。スプーンを入れると、さくっとした手ごたえ。ビスケットのかけら、それから実とソースをちょっとずつすくって口に運びます。熱くはなくて、ほかほかのいい感じ！

ビスケットの表面はさくっとしているけど、ソースを吸い上げた下のほうはじゅわっと口の中で柔らかく溶けました。ぷつりと桑の実の歯ごたえとちょっとだけ残る酸味、とろみのあるソースは甘くて……なんで果汁がとろっとしたのかはわかりませんけど、美味しい！　生クリームも一緒に食べると滑らかさが加わります。美味しい！

「へえ！　この桑の実って野生なんだ？　美味しいね。これ」

「タバサはすごいのです」

「お口汚しで恐縮ですが」

慌ててナプキンで口を拭ったらやっぱり赤くなりました。いけません。お行儀悪かった！　赤くなったところを折って隠しました。第四王子はごふって小さく咳込みましたが、そんなに急いでもおかわりはあげません。ロドニーの分なので！

最後の一口が溶けた余韻を味わっていましたら、ノエル夫人、と第四王子が身体を私のほうへ向きなおしてきりりとしました。

「まるで巻き上げるようにこの領を王領にしたのを聞いてはいた。ただ、どんな経緯であっても管理を任された以上は、領民の生活に僕は責任を持たなきゃいけないから、いや、言い訳はよくないね。どんな大義名分があっても、協力を要請するならもっとやり方があったはずだ」

はあ、と第四王子は大きく息をつきました。桑の実のちっちゃな種が歯に挟まってる気がします。

「さっき、ここの使用人たちの尋も……事情聴取に立ち会ったんだ。そんな僅かな時間であっても、夫人にとってどれだけここがいい場所ではなかったのかが窺い知れた。僕は、報告書の字面だけしか見ていなかったんだと思う。――すまなかった」

第四王子はぴたりと私に合わせていた目線を下げました。コブラーの味が消えてしまったので、ロドニーの淹れてくれたハーブティを口に含みます。いつもの味です。いつも美味しい。種も消えました。

「気にしてないです」

その報告書？　も読んでないし、なんで第四王子が謝ってる感じなのかもわかりません。伏せていた視線をあげた第四王子はどこかしょんぼりした顔をしていますが、私の隣にいる旦那様のほうから舌打ちが聞こえました。旦那様はご存知なのでしょうか。そう思って見上げましたら「俺が気にしておくからアビーはそれでいい」って旦那様がおっしゃったので、いいんだと思います。


だからそれはそれでいいんですけど。

第四王子は軽く頭を振ってから、にかっと笑顔をつくりました。

「――夫人は寛容だね！　天使のように可愛らしい印象だったけど、女神様みたいだよ！　ねえ！」

「あ゛あ゛？　俺の妻ですが？」

「えっ、そうくるの!?」

私はちょっと他に気になることができてたんですけど、王子の言葉にもちょっと気になりました。

「会ったことありますか？」

「会ったこと？」

「神様はいないですけど、殿下が会ったことあるなら女神様はいるのでしょうか」

「あ、あー……僕ほら一応国教がある国の王子だしねぇ、会ったことはないけど」

やっぱりそうですよね。そうだと思いました。神様というものは人間になってから本で読んで知ったのですけれど、魔王のときも、人間になる前も、会ったことはありません。

魔王は魂だけになっても森にいました。そこにいることしか知らなかったからじゃないでしょうか。多分ですけど。どのくらいいたのかはふわふわした記憶なのでわかりません。あれ？　って思ったらアビゲイルになっていましたし。だけど結構長い間だった気がするのに、魂になっても会えてなかったのならやっぱり神様はいないと思います。

「神様は空想の物語だからいないです。本当のこととは違います」

「あ、うん。僕ってあんまりそう公言できないんだけどねぇ、それはそうかな」

「はい。ご存知ならよいのです」

旦那様も勇者の本で元気がなくなりましたし、ちゃんと教えてあげないといけないと思いました。頷いてあげたら頷きが返ってきましたので、これでお話は終わりです。お見送りのために立ち上がりましたら、首を傾げられました。……何か間違えたでしょうか。

「あれ、僕今追い出されるところ？」

「ぶふっ——間違えてないぞアビー。さあ殿下、新婚夫婦の部屋に長居するのはいかがなものでしょうねってことです」

「扱い雑っ！　まあ、うん、色々と手を借りてしまうけれど、明日からもよろしくってことでね。デザートも美味しかったよ。ありがとう」

「どういたしまして！」

「——っ、愛らしいねぇって、ほんと先輩このくらいで威嚇しないでってば！」

もおーって笑いながら第四王子は退室しました。これでさっきからちょっと気になっていたことを旦那様にお知らせできます。

あのこたちはわりとよわいのでなかなかきづけなかった。

「旦那様」

「うん？」

「なんか変なとこ、この屋敷の近くにカガミニセドリいます。いっぱい」

「んん!?」

私はちゃんと言っちゃいけないときに言わない約束を守れるのです！

屋敷の西側、鶏小屋の隣に馬小屋があります。そしてその向こうには馬番たちが休憩する小屋や庭師のための納屋、それから使用人たちが家族で住む別棟。別棟にはもう誰も住んでいないと聞いています。住み込みの使用人はみんな通いに切り替えたからだそうです。伯爵家が没落したときに解雇されて、王都から来た文官たちを世話するために雇いなおされたとかなんとか言っていました。

「こっちですこっち」

鶏小屋と馬小屋の間の隙間を抜けて、裏の繁みもかき分けて、納屋の裏をぐるっと回って別棟まで旦那様とロドニーと護衛たちをご案内します。別棟の玄関にたどり着いて振り向くと、みなさん頭や服に葉っぱや小枝があちこち刺さっていて、私たちが出てきた方角とは別のほうに続く小道を半目で見ていました。

「……アビー。母屋とこの別棟までを繋ぐ道じゃないかこれ」

「私はその道を通ったことがなかったので！」

「お、おう」

扉を開けようと手を伸ばすと、旦那様に腰を掴まえられました。どうしたのかと見上げると、旦那様は私ごと後ろに下がって、ロドニーに目配せをします。扉にはやはり鍵がかかっていたのですが、ロドニーがなにやらちょちょちょいってするとカチリと鍵の開いた音がしました。今何を。

「この中にいるんだな？　建物のどのあたりにいるかわかるか？」

「地下にいます。隅っこで、んっと、十、十二匹くらい固まってます」

「多くないです⁉」

「でもカガミニセドリ弱いですよ。それに」

扉を開けかけた手を引っ込めてロドニーが叫びましたけど、地下にいるカガミニセドリはぎゅうぎゅうに固まっているのがわかります。部屋に閉じ込められてるんじゃないでしょうか。カガミニセドリは森の魔物の中でも弱いほうです。卵から孵るとき近くの生き物の真似をして油断させるのだって弱いからです。自分より強い魔物を食べると、ちょっとだけ強くなれますから、もしかしたら逆に食べられちゃうかもしれなくても卵を巣に忍ばせるのです。


そのくらい弱い魔物だから。

いてはおかしいところにいるのに、こんなちかくにいたのに、きがつかなかった。

――ああ、また。


「それに、今、九匹になりました」

「……おいでアビー。お前たちは人間の方を警戒しろ」

旦那様は私を後ろ手に抱いて、護衛たちを先に進ませます。別棟の中は月明かりも入らない暗さでしたから、ロドニーが〝照らせ灯れ〟と唱えて、手のひらに明かりをつけました。エントランスホールから左右に延びる廊下、二階へ上がる階段と、護衛たちが様子を窺っては戻ってきます。私はここに入ったことがないので、どこに地下へ続く階段があるのかわかりません。

「やはり人間はいないみたいですねー。まあ、大体こういうところの間取りってのは決まってるんですよー」

報告を聞いたロドニーは、ふむ、と辺りを見回して右の廊下へと進みます。小さめの厨房を通り過ぎた奥にある木の扉を開けると、地下へ続く階段がありました。すごい！　ロドニーすごい！

先に階段の下を確認しにいった護衛たちの、驚きを押さえつけたような小さなうめき声が、暗がりの奥から響いてきました。一人が戻ってきて「奥様にはちょっと……」と言葉を濁します。灯火で暗がりに浮かんでいる顔色が悪いです。

「旦那様」

「……手を離さないように」

「大丈夫です。私がついていています」

旦那様と手を繋いで狭い階段を下りていくと、足元から忍びあがってくるひどい腐臭がどんどん濃くなっていきます。下りた階段の先にある扉の中は倉庫を兼ねていたのでしょう。広い一間に木製の棚がいくつも並んでいて、奥の石壁のほうから弱々しく甲高い鳴き声が途切れ途切れに聞こえてきます。今はもう七匹、いえ、六匹になりました。

黒い鉄扉が細く開いた隙間から伸びる明かりは、ゆらゆらと揺れています。先に入っている護衛がランプに火を灯してくれていました。部屋に据えられた背の高い檻の天板は木製で、鉄格子が四方にはまっています。隣の旦那様が息を呑み、ロドニーがぐうっと喉を鳴らしました。

こちらからできるだけ距離をとろうとしているのか、向こう端の鉄格子に背を押し付けるようにしながらキュピキュピと頼りなく震えている魔物。大部分はにんげんの形ですが、片腕や膝から下が鳥の翼や三本指の足であったり、顔が馬のようなものもいます。

どの子も白目のない金瞳でした。

なんびきも、ゆかにたおれていて、はんぶんくさりかけている
きゅー、きゅぴ、とないてるこも、ほねとかわとはねしかない
どうして

「旦那様」

「駄目だ」

繋いだ手を離してはもらえませんでした。仕方ありません。そのまま手を引いて檻に近寄ります。

「キュー！」

どこにそんな力が残っていたのでしょうか。

一匹が私に向かって飛びかかってきましたけれど、鉄格子に防がれてべたりと落ちて、そのこ

はそのままにました。

「おまえたち、どうしてこっちにきたのですか」

きゅ、とないて、のこりのこたちもしにました。

◆◆◆

悪趣味な芸術家が手慰みで作りかけて放置したような、人間と動物をモザイクにしたこれがカガミニセドリだという。まだ声をあげているそれらの体は汚物にまみれ、腐敗した死体と排泄物が踏み散らかされていた。人間の子どもの姿を擬態して油断を誘い襲い掛かる悍ましい魔物が、こんなにも哀れに見えるのは、部分なりとも人間の姿をしているからだろうか。

「おまえたち、どうしてこっちにきたのですか」

それともアビゲイルが檻の手前で膝をつき、あの何も映さない鏡のような瞳で、抑揚のない声で、呟いたからだろうか。

「アビー、そこは冷えるから、な？」

最後のカガミニセドリが一鳴きして息絶えてから、ぴたりと動こうとしないアビゲイルに声をかけると大人しく抱き上げられてくれた。

「君が望むなら、この、カガミニセドリたちを森に還してやることもできるが」

アビゲイルはあまり人間の価値観に馴染んではいないから、それに意味があるかどうかはわからない。けれどとりあえずはしてやれることとして思いついたものを告げると、ぱちりと瞬いて俺の目をとらえた。

「――何故ですか？　もうお肉です」

「あー、いや、うん。本来森にいたはずだったんだろう？　君が還してやりたいと思うかもしれないと」

「なるほど！　思わなかったです！」

「お、おう」

悲しんでほしくはないと思うのに、俺にはきっとわかりえないところにアビゲイルの思いがある気がして、それに胸が痛むのはひどく身勝手な人間そのままなんだろう。抱き上げたまま、その肩口に顔を埋めると、とんとんと背を叩かれた。ほんとそれ気に入ってるんだな……。

ふぅと息をついたのと、見張りに残した護衛から敵襲を告げる調子はずれの指笛が響いたのは同時だった。

◆◆◆

別棟に向かう前、旦那様は護衛を二手に分けました。私たちと一緒に来たのは前からいる五人で、残りはこの間ドリューウェットの港町で合流した五人です。その五人はずっと後からついてきていて、別棟に入っては来ませんでした。今はここを取り囲むように散っているそうです。地下からエントランスホールに戻って、見張りで残っていた外の護衛に、ロドニーが後ろからそっと状況を聞いています。ぴーぴゅぅぴゅーって節をつけながら指笛を鳴らす護衛は、まるでロドニーがいないような知らんぷり……あれはなんであんなに色んな音が出るのでしょうか。

「……指出しなさい」

同じように指をくわえて吹いたのですけど、ぶしゅって指がよだれでいっぱいになっただけでした。旦那様がハンカチできれいにしてくれて、ロドニーはしゃがみこみました。

「……げほっ、あー、二十人前後ってとこみたいですね。予想通りに動いてくれるっていうかなんていうか」

「なめてくれるもんだな」

よろっと立ち上がったロドニーに、旦那様は鼻で笑って答えます。私もお外の気配を見てみました。新しく来た護衛たちの気配だってもう覚えてます。ハギスを分けてくれた護衛は馬小屋の向こう側にいました。護衛たちとこの建物の間に二、三匹ずつ固まってるのがいて。

「知らないにんげんは二十二匹います。だいぶ当たりです」

「――くっ、さすが奥様。えーと、知らないというか覚えもない人間ですかねー？」

「知らないです！」

「まあ、使用人どもはみんな地下に――っと、あー、アビー、これから全員拘束するけどな、絶対俺の後ろから出るなよ」

「はい！　大丈夫です！　こう！」

ちゃんと前に練習したのです。こういうこともあろうかと、ここに来る前も練習しました。しゅっと旦那様の後ろに立つのです。旦那様が動いても！　しゅっと！

「ぐふぅっ」

「――っ、うん。そうだ。上手いぞ。まあ、俺が出るまでもなく片付くけどな」

またしゃがみこんだロドニーは、旦那様がつま先でとんってつつくと、ふらふら立ち上がり扉を薄く開けて外へ合図らしきものを送ります。ちょっとしてから一緒に中にいた護衛たちも、するするとその隙間から外へ出ていきました。

私は旦那様の後ろで旦那様がいつ何時どう動いても後ろに立てるように、びしっと構えて待ちます。


旦那様は全然動きませんでした。縄でぐるぐる巻きにされたにんげん二十二匹が目の前で転がっています。よく見たら元筆頭補佐の男爵もいました。知らなくなかった。

「ご、誤解なんですっ殿下！　私どもも何故こんな目にあわされなくてはならないのか全く心当たりがなくっ」

「……それだけ武装しておいてなんの心当たりもないとか、僕は随分と甘く見られてるようだ」

拘束したにんげんたちは全員、羊をひっぱるみたいに縄で繋いで屋敷まで連れてきました。第四王子はもうお部屋で寛いでいたようで、暖かそうなガウンを羽織ったままエントランスホールにある階段の手すりにもたれかかり、呆れ顔でため息をつきます。

それなりに広いエントランスホールでも、さすがに二十二匹も転がると、折り重なっているとはいえ狭く感じるものです。槍とか鍬や鎌なんかはとっくにとりあげて隅に積み上げてありますけど、みんな革鎧とか金属の胸当てとか着こんでいて、普通より大きくなってますし。私は近寄っちゃいけませんって、階段の半ばまで上らされましたので、しゃがんで手すりの間からホールを見下ろしていました。知ってる顔は元筆頭補佐を含めて三匹ほどで、他のにんげんはどうやらこの領都に住む領民らしいです。年取ってるのも若いのもいます。元筆頭補佐は芋虫《だんご虫》っぽく第四王子ににじり寄りつつ声を張り上げようとして、ハギスに蹴り上げられました。あ。ロリポリみたいになった。

「で、先輩、なんでしたっけ。そのカガミニセ、ドリ？」

「ええ、偶然俺が数か月前に報告をあげた魔物です。その生態から考えるに、行方不明となった文官たちはカガミニセドリに食われたのでしょう。そしてそれを仕込んだのはこの者たちと思われます」

カガミニセドリの卵のことや別棟にいた子たちのことを、旦那様は淡々と報告して、元筆頭補佐たちは口々に違う違うとわめいては護衛たちに蹴飛ばされています。……あら？　今旦那様はなんと言いましたか。

「旦那様」

「ん？」

「仕込んだというのは」

「……夜は屋敷に文官しかいなかった。卵を忍ばせておいたんだろうな」

カガミニセドリは自分より少し強い生き物や魔物の巣に卵をこっそり入れますが、自分より賢すぎるもののとこには入れません。義母上たちの王都邸に卵が紛れていたときは、うっかりしたのかと思っていましたが。


だってあのこたちはあんまりかしこくないので。

おはなしだってじょうずにできないので。

いろんなことをくちぐちにわめきますけど。

自分より強すぎたり賢すぎたりする魔物や、例えばにんげんの巣にうっかり卵を入れちゃったのだとしても、それは自分がうっかりしたから仕方のないことです。

だってそういうものなのです。

でも、さっきあのこたちはしぬまえにいってました。

いやだいやだやめてとらないでかえしていやだと。

「――おまえ、そう、おまえです」

立ち上がって手すりを掴み、ホールに転がる元筆頭補佐たちを呼びました。呼んでいない領民たちも私を見上げます。ぎらぎらとしているのに小刻みに揺れる瞳で睨みつけては、すぐに目をそらしてを繰り返すその素振りは、ああ、これは見たことがあると思い出しました。

「卵をとったのですか」

「――な、なに、を、殿下！　耳を貸さぬよう申し上げます！　これは人ならざるも」


にんげんはときどきほんとうのことじゃないことをほんとうのようにはなします。

このにんげんはたまごをぬすんだにんげんです。

だって、あれがまおうだたすけてくれと、ゆうしゃのかげでさけんだむらびととおなじかおをしています。


「アビー」

背中のほうからあたたかくておおきな腕が伸びてきました。それは私のおなかのほうまでぐるりと囲って、ぎゅうっと包むように抱きしめてくれるのです。

「大丈夫だからな」

耳元で静かに囁く旦那様の低い声はとても気持ちがよいもので、ほんのちょっとも嘘のないものでした。何が大丈夫なのかはわかりませんが、大丈夫なんだと思います。旦那様はとってもお

つよいですから。

　卵から孵ったカガミニセドリは、そのとき周囲にいる生き物の擬態をします。そして上手いことそこにいた生き物を食べることができれば、その子は親のところに帰って擬態を解くのです。あの別棟にいた子たちはにんげんのほかに馬や鶏がまざっていました。あの別棟にはほかの生き物がいなかったからでしょう。あれはあそこで生まれて育った子たちです。擬態を解くことも、もうわからなくなったのかもしれません。

「文官を食べた子たちはどうしましたか」

　旦那様は私を黙って抱きしめたままでいてくれています。元筆頭補佐は私の頭の上のほう、旦那様を見て、ひぃっと喉をひくつかせながら第四王子へと視線を泳がせました。

「で、殿下っ、あれの言葉を聞いては」

「夫人が質問してるでしょ。僕も答えが聞きたいねぇ」

　第四王子はずっと変わりなく柔らかい笑顔をしていますけど、だからといって優しい顔ではありません。元筆頭補佐たちに対しては最初からそうなのに、あの人たちは鈍いと思います。助けてほしそうな表情が、今度は私のほうに向けられました。振り返ろうとしましたけど、ぎゅっとされてるので無理です。旦那様の胸に当たる耳が震えるくらいに、低い声が響きました。これは！　旦那様が！　お怒りです！

「この領の者はどいつもこいつも図々しいな――聞かれたことにまずは答えろ」

「なっ何も知らぬ若造が！　それは本来我々のためのもの！　使い方もその「あ゛あ゛あ゛!?」ひ

っ」

　だんっと元筆頭補佐の鼻先の床に、細身のナイフが突き立ちました。今どこから⁉　どこから出ましたか⁉　旦那様の腕を持ち上げて袖もめくりましたけどわかりませんでした。旦那様は私のつむじに口づけして頬ずりをしてくださいます。これは見なくてもわかります。いつもしてくれる感触ですから。あ、持ち上げられたままの手にナイフが一本置かれました。ロドニーだった！　ロドニーからナイフが出てた！

「男爵には俺の妻である子爵夫人の言葉が聞こえないようだ」

　今度は床に転がったまま仰け反る喉すれすれにナイフが突き立ちます。さっと次のナイフがまた手に置かれました。……今ロドニーはどこから。

　私も旦那様の手の横に、手のひらを上にして並べます。ロドニーはちょっと固まった後に、サーモン・ジャーキーを載せてくれました。すごい！　イーサンみたいです！　言わなくても欲しいものがいつのまにか！

「殿下」

「……なんだい」

「こいつらは聞かれたことにすら答えられない無能なようですけど、まだ要りますか」

「あー、そうだねぇ。役には立たないのかなぁ。文官たちにも協力していなかったようだしねぇ」

　旦那様はナイフの先でこつこつ、つー、こつこつと手すりを突いたり滑らせたりしています。

サーモン・ジャーキーでそれをすると汚れちゃいますからちゃんと食べます。これはちょっと小さめです。寝る前ですし。ぐるぐる巻きにされているにんげんたちはお互いの身体をぶつけ合い始めました。足をばたばたさせてますけど全然後じさりはできていません。カガミニセドリたちだって寄り添いあっていたのに、随分とへたっぴです。筆頭ではない元補佐が一匹押し出されて前に転がってきました。

「でっ殿下！　おおお恐れながら、このっこの領を元、元通りにするには、わ、わたしどもが」

「えー、何それ、まさか僕と取引でもしようとしてる？　君らわかってるの？　今君らには王家から派遣された文官たちの殺人容疑がかかってるんだけど？」

「ご、誤解ですっ」

「ほお？　俺たちはこの目で、この屋敷の別棟にカガミニセドリの死体が山とあるのを見てきたばかりだが。届け出ることもなく、魔物をわざわざ隠しておくことにどんな誤解があるというんだろうな」

「あ、あれは金瞳だったでしょう！　金瞳の魔物は」

「使い道があるのです！　そう！　使い道が！　そんな、さ、殺人など」

サーモン・ジャーキーの端っこが少しふやけたので齧ります。美味しい。

次々とにんげんたちはわめきはじめます。

おびえながら、ふるえながら、ときにののしりながら、うそをまきちらします。

「アビー？」

旦那様がほっぺをつついたので見上げると、にっこりと微笑んでくれました。

「あいつらは全く話にならん。きっちり聞き出して答えはあとで教えてやるから、君は先に部屋で寝ていてくれるか」

ぜんぶ、うそなのはもうわかりましたから、べつにもういいです。

第四王子もうんざりした顔をして、ひらひらと手を振りました。

「使い道だかなんだか知らないけど、君らがいたところでこの領は持ち直せないでしょ。実際、伯爵がいた頃だって落ちるばかりだったんだしね」

「あれこそ無能だったのです！　金瞳の使い方もわからん愚物です！　我らであれば――っあっぐあああああっ」

痛い痛いと、のたうち回り始めたにんげんの肩からナイフの柄が生えました。

「いやいや先輩……、ちょっと夫人の前でそれは」

「妻の耳が腐るよりましです」

「旦那様、ほっとくのがいいです」

旦那様の開きかけた口に、サーモン・ジャーキーを入れて差し上げます。ご機嫌の悪い竜が来ますよってお知らせしたほうがいいと思うのですけど、お部屋に戻ってからじゃないといけません。こしょこしょの内緒話をしたらいいでしょうか。

「……どうした？」

旦那様が気づいてくださいました！　口に入ったサーモン・ジャーキーをひとかじりでちぎって飲み込んだ旦那様は、かがんで耳を傾けてくれます。なので、第四王子に聞こえないように内緒話です。

「あのにんげんたちはお外に転がしておけば、きっと竜が踏むか連れていくかすると思うので！」

「待て待て待て最初からちゃんと聞くから部屋に戻ろうな」

11 がおーってされたらがおーってします

魔物のことは大っぴらに言わない約束を守るアビゲイルに耳打ちされた内容は、もっと詳しくと叫びたくなるものだった。

「えっ、先輩まで部屋に戻るんですか⁉　この空気感の中⁉」

「新婚なんで！」

「待って待って待って！　嘘でしょ！　ほんとそんな先輩、僕知らない！」

「すぐ戻ります！」

「すぐなの⁉」

抱きかかえるのと同時に階段を駆け上がれば、タバサとロドニーはぴったりと追ってくる。護衛たちは残したままだ。取り繕えてる気があまりしないが、これは仕方がない事態といえる。竜て。あれか。機嫌が悪いとか言ってた奴か。

「お水飲みたいです！」

客室に戻ってからの一声にタバサが応え、水差しからカップに水が注がれる。ソファで飲み干して息をついたアビゲイルの足元に跪いて見上げると、金をぱちりと瞬かせて【どうしましたか】の顔をされた。どうしましたかじゃない。

「いや、さっきの話なんだが」

「ああ！　そうでした！　竜がこっちに来ます！」

　タバサは空になったカップを受け取ろうとしたまま固まったし、ロドニーは茶葉を缶からすくう体勢で口を開けている。何か察してはいただろうけれど、さすがにこれは想定を超えていたはずだ。

「お、おう。それでな、竜はどうして、何をしにくるのかわかるか？　ご機嫌悪いと言ってた竜だろう？」

「はい。なんで怒ってるのかはわからなかったんですけど、多分カガミニセドリが勝手にここに連れてこられてたからなんだと思います。あの竜、森のボスなので」

「……なるほど？」

「はい」

　重々しく頷いてみせたアビゲイルだけれど、これあれだな、全部説明しきったつもりになってるな。何から聞き出したらいいのかわからんぞ。

「奥様……？　ここの森のボスって、今はその竜なんですね？」

「前からです。ロドニー、ハーブティ淹れないのですか。飲みたいです」

「あっ、失礼しました。少々お待ちを」

「はい！　タバサタバサ、お花の飴は」

　困惑をにじませながらもロドニーはポットに湯を注ぎ、タバサは「ひとつだけですよ」と寝室から飴を持ってきた。

「前からって、アビー、君が魔王だった時は」

「魔王は魔王なのでボスじゃなかったです」

「ボスとは……竜の方が強かったの「違います！　魔王のがつよいです！」お、おう」

ふんすと鼻を鳴らすあたり、そこは譲れないのか……。ボス……ピヨちゃんと同格なのか？　竜が？　ピヨちゃん、いや待て今それは重要じゃない。はずだ。ソファに背を預けて、口から飛び出ている飴の棒をふるふる震わせている顔はやけに満足気で、俺も力が抜けてくるけれど。

「怒ってるということは、竜は報復に来るんだな？」

「ほうふく……やられたからやりかえします。にんげんだってちっちゃいのをやっつけられたら、森にたくさんでやってくるのです。なんにもしてない魔物だって、いっぱいやっつけられたりしました」

「……そうだな。確かにそうだ」

「魔物だってにんげんを食べるのいます。にんげんのとこにわざわざ行ってやっつけられるのは仕方ないです。にんげんだって森にわざわざ来たらやっつけられたりするのも仕方ないです。食べたり食べられたりするのは仕方ないのですから、竜だってそんなことでは怒らないです」

仕方がないことだと告げるアビゲイルの表情には、なんの感情も浮かんではいない。怒っているのは竜であって、自分ではないからだろう。さっき文官を殺したカガミニセドリのことを問うた時だって、平坦な声音でしかなかった。ただそれでもその声にはいつもの小鳥のような軽やかさがなく、代わりに厳かな静けさがあったのだ。言い逃れようとあがいていたあいつらには響かなかったようだが、あれは確かに何度も俺たちに魔物のことを語った魔王のものだった。

　そして今も。

「でもあれはちがう。おまえたちなどのものではない」

　それは、アビゲイルにだけ聞こえる竜の言葉だろうか。それともアビゲイル自身の言葉だろうか。

　ロングハーストでの采配も、ドリューウェットへの助言も、いつだってアビゲイルの解決方法は魔物を殺すことではなかった。狂乱羊の大群の進路を好物のカジュカの実でつって変えさせようとしたし、水源を塞いだ金剛鳥は好きな巣の材料であるエリ松の葉で気をひいて動かした。魔物を魔物の領域へとそっと戻すようなそれは、確かに双方に被害を出さないためでもあるけれど、どちらかといえば魔物を守る方に軸足があるものだったと言える。

「……アビー、俺はここの人間がどうなろうと知ったことではないと思っている」

「はい」

　使い方も、と、あの下種はそう言った。まるで使い勝手のいい道具のように。ここの奴らはアビゲイルを攫おうとしたり、殺そうとしたりと、一枚岩じゃないのは予想できていた。奴は攫おうとした方に属しているのだろう。カガミニセドリを暗殺の手段として使ったように、アビゲイルを都合よく利用しようとした。邪魔になる俺たちの排除を企んだ結果が、あのお粗末な武装と包囲だったと思えば納得だ。どっちにしろクソなことに変わりない。

「なんなら竜の報復はもっともだとすら思う」

「はい」

「ただ、竜は人間の区別がつくのか？」

「……」

口を半開きにしてるのは、考えたこともなかったからか。覚えたことは忘れないとよく豪語してるが、興味のない人間のことはそもそも覚えてないんだよな……。雑魚は視界に入らないとばかりの感覚は実に強者らしいもので、おそらく竜も同じなのではないだろうか。

「つまり俺たちとあいつらの区別というか」

「あの子は賢いほうだと思うんですけど、気にしない、気がするかもしれません」

「だよなあああ!?　俺たちもまとめてやられるんじゃないか!?」

◆◆◆

こういうことを盲点というのだと思います。

言われてみれば、あの竜は前からきらきらした石とかにしか興味なかった。だからいつも岩山のそばにいましたし、森の外にも出たことはないに違いないです。もしかして人間を直接見たことすらないかもしれません。いえ、存在は知っているはずです。一応あれもボスですから、森の中で起こることはなんとなくでもわかってるでしょう。そういうものなので。でもそれは、今日は風が強いから森の葉っぱがうるさく揺れてるなぁとか、そんな感じのこととあんまり変わらないのです。

「アビー、俺たちが撤収する時間はありそうだろうか？　竜は今」

「踊ってますね」

「おどってる」

森の方角、岩山あたりに意識を向けて、旦那様にお知らせしました。どんどんと足を踏み鳴らしてるから、岩山も木々の枝もびりびり揺れています。すごく盛り上がってる気配がするのでまだもうちょっと踊ってそう。あれはあんまり自分の縄張りから出ないですからね。勢いが必要なんだと思います多分。

「奥様……おどるって踊るですか」

ロドニーがどんな顔していいのかわからないような顔をしています。踊るって他にあるんでしょうか。仕方ないので踊って見せてあげます。どんどんと力強くかわりばんこに足をあげて！

「こうです！　右腕をあげて！　右腕さげて！　左腕あげて！　こう！　しっぽは、ないですけど！　しっぽもこう！」

「――――くっ」

旦那様が勢いよく膝をついて、ロドニーが壁に体当たりしました。ぴょんぴょんってしてして！

ぐるぐるってお部屋を一周して！　タバサもうずくまってます。まだでしょうか。ロドニーは覚えられたでしょうか。ちょっと息が切れてきました。

「あ、あびー、それ前に花祭りで踊ってた「違い、ます！　あっちのが！　難しい、です！　おしりもこう！」ぐふっ」

魔王が練習してた踊りは、腕も足もいっぱいある魔王の踊りだからもっと難しいのです。竜は手も足も二本ずつですし！　しっぽありますけど！　両手をいっぺんにうんと高くあげて！

「おぉっと！　待て待て待て！　君鳴き真似上手すぎるから！」

がおーって、しようとしたら、旦那様に抱きしめられてできませんでした。顔が旦那様のお胸に埋まっちゃいましたので。息が切れましたから旦那様の匂いもいっぱい吸い込みます。いい匂い。背中をとんとんされて、ふわーっと眠くなりかけました。いけません。腕の中から旦那様を見上げると、笑いをこらえてる笑顔です。

「旦那様」

「うん」

するりと髪を梳いて撫でてもらうの気持ちいい。

汗ばんだ地肌に、すうすうとひんやりした空気が触れていきます。

「なので、私ちょっと行ってこようと思います」

「ん？」

「竜のとこです。旦那様たちのことはやっつけちゃダメですって」

「……君の言葉は通じるのか？」

「えっ」

またも盲点でした。人間になってから試したことはありません。いえ、魔王のときだって通じてたかって言われるとちょっとわからないのですけど。あら？　旦那様の笑顔がすとんと消えました。

「駄目だ。まだ竜は森の中にいるんだろう？　そこにたどり着くまでだって危ない。俺が守るにも限界がある。ここの森は俺も行ったことがないからな」

「旦那様はお留守番ですよ？」

「何を言ってるんだ君は」

「だって危ないです。人間はあの竜がいるあたりまで来たの見たことないですし」

「アビー、君も今は人間だ」

それはそうなんですけど、私は大丈夫だと思います。なのに旦那様の眉間のしわがどんどん深くなります。これはいけません。これは心配してるのだと思うので、ちゃんとわかるように説明して差し上げなくては。

「だって私はつよいですし。それにもしこの身体が死んでも、今度はがんばってすぐ人間に生まれます」

「――は？」

「そうしたら旦那様のとこに行きますので、また妻にしてください」

旦那様は口も目もぱっかり開けてしまいました。え、でも私は旦那様の妻だから、次だって妻になりますのに。

「赤ちゃんの頃はさすがにちょっと動けないから二年くらいかかるかもですけど、そのくらいなら割とすぐですし、でも別にきっと死なないと思いますし」

「駄目だ！」

旦那様はいきなりマントを脱いだかと思うと、私をそれでぐるぐる巻きにしてしまいました。

それから硬く強い声でタバサを呼びます。

「アビゲイルから目を離すな。ロドニー、あいつら全員森に捨てに行くぞ」

ぱふんと私をマントごとタバサに押し付けて、ロドニーが差し出す革鎧を身に着け始める旦那様は、私のほうを見てくれません。近寄ろうとしたら、タバサにぎゅうってされました。

旦那様が怒ってる気がします。私に怒ってる。どうしてでしょう。


「旦那様」


ロドニーは自分の革鎧を肩にかけながら部屋から飛び出していきました。

旦那様がふりむいてくれません。

ナイフとか、地図とか、ばばばばって用意して装備していきます。

私がよんでるのに。

「旦那様」


旦那様が私に怒ったことなんてないのに。

ロングハーストではよく怒られましたし、そんなのは気になりませんでしたが、旦那様が私に怒るのは困る。あ！　そうです！


「ジェラルド！」


扉へ向かいかけた旦那様の足が止まりましたけど、まだふりむいてくれない。

お名前で呼びなさいって言ったのは旦那様なのに。

ぐるぐる巻きになったマントの上から私を捕まえたままのタバサを見上げると、うるうるの目でじっと見つめて首を横に振られました。

「駄目なのですか。次も旦那様の妻がいいですのに」

「違いますよ。奥様、それは違います――坊ちゃまっ」

タバサが肩を何度もさすってくれます。旦那様は私に背を向けたまま、頭をがしがしと掻いてうめき声をあげました。

「旦那様は私に怒ったらだめです」

「あー！　もう！　違う！　アビー！」

旦那様がぐるって勢いよく振り向いたと思ったら、もう私を抱き上げてました。

「君が痛いと俺も痛いんだと前に言ったな？」

「はい」

「たとえもう一度人間に生まれるのだとしても、君は怪我するのも俺より先に死ぬのも駄目だ」

「――はい」

「すまん。君に怒ったわけじゃない。ただ……いや、あいつらはこれから俺が森に捨ててくる。時間稼ぎになるかもわからんが、すぐに戻って撤収するから出発する準備をしてなさい」

ぎゅうぎゅうと抱きしめてくれるので、多分もうきっと旦那様は怒ってない。よかったです。

でも旦那様だけで森に行くのはよくないし、やっぱり私が行って旦那様がお留守番のほうがいいと思うのです。だけどまた言ったら怒られるかもしれませんから、仕方ないので今は黙っておいてこっそりついていきましょう。

◆◆◆

馬車回しに並べた元伯爵家の荷車に、うちの護衛たちと騎士たちがさっき捕らえたばかりの奴らを次々積んでいく。地下室に閉じ込めていた元使用人たちも尋問が終わった順番に積めるだけ積むよう指示を出した。即座に出立の準備を整えたドミニク殿下は、俺の横で苛立たし気に腕組みをしている。

「先輩の判断だから指示に従いますけど、いきなりスタンピードの予兆とか意味がわからない。説明はしてもらえるんですよね」

納得はできないまでも可能性と優先順位を間違えないあたり、確かに有能ではあるんだよな。この王子。

「殿下も先ほど別棟にあった魔物の遺骸を見てきたのでしょう」

「……この目で見なきゃとても信じられないものではあったね」

「ここはそういう土地なんです。まだ詳しく追い切れていませんが、国に報告されていない魔物の知識があるんでしょうね。スタンピードの予兆もそれに基づいたものなんじゃないですか」

「使用人たちの尋問で出てきたってことか」

肩を竦めることで応え、しれっと全て土地柄のせいだとなすりつければ、殿下はむぅっと口元を歪めた。

「……この間、先輩に王室と伯爵家の関係を聞かれたでしょう。僕も少し気になって調べてみたんだよね。禁書庫の奥の方とか」

初耳な情報に片眉をあげて先を促すと、殿下はため息とともに両手で顔を覆って俯いた。

「ここの隣の領って昔は小国だったの。もうすっごいちっさい国でね、遅かれ早かれうちに吸収されただろうけど、実際はさ、一度勝手に滅んでそれをうちが取り込んだわけ」

「……今は王領ですよね」

「そそ。飛び地だし可もなく不可もなくの土地。旨味も何にもない。だからこそ隣のここを押さえれば価値もあがるだろうって計算もあった。でもねー、その頃の資料を今回調べたらね、ロングハーストには手を出すなって意味合いのことが書かれててさ。理由までは追えなかったんだけど」

「先人の教えを無駄にしたってことですか」

「仕方なくない？　王家だってずっと平穏だったわけじゃない。簒奪が繰り返された時期だってあったんだし、その中で失伝したんだろうねぇ」

「その国が滅んだ理由はわかったんですか」

「大雨やら干ばつやら天災がこれでもかと続いたのが大元の原因かな。隣のここもそうだったようだけど、一応当時の王家からの支援でしのいだみたいだね」

「なるほど。その経緯の中で手を出すなという結論に至る何かがあったのかもしれませんね」

「ねー……、ここを持ち直せば僕にくれるって話だったけどさあ、いらないなー僕これー……助けがあればまた違うかも」

「先人の教えは尊重すべきかと思いますね。殿下、侍従が指示を欲しそうにしてますよ」

ちらっと送られた上目遣いを切り捨てると、だよねぇとまた大きなため息をついて侍従のもとへと立ち去った。

――魔王を討伐すべく勇者を送り込んだお城は我が国のものだとばかり思い込んでいたが、もしかするとその亡国だったのかもしれない。アビゲイルの言う通りカガミニセドリの報復に竜が出張ってくるのであれば、魔王の時はどれだけのものだったのか。多分アビゲイルに聞いても明確な答えは返ってこない。報復があったのだとしても、それをしたのは魔王自身ではないのだろうし、まず間違いなく気にしていない。結婚当初の俺の仕打ちやドミニク殿下の無神経さと同様に「気にしてません」と答えるだろう。

美味しいと楽しいと好きだと、これまで育ててもらえなかった情緒が芽吹いてきていた。勘違いや希望的観測などではなくそれは確かなことだ。

ほんの僅かな口元の緩み程度とはいえ、感情を出すようになった。

湧き上がるものを、これはなんですかと胸をおさえながら理解するようになった。

俺が抱き上げるのは自分だけだと愛らしい嫉妬をして、身近な者が傷つくのは嫌なことだと覚えた。

それなのにあんなあっさりと自分の死を口にするだなんて。

愛情だの恋情だの、そんな機微などもいつかそのうち芽生えてくれるだろうと、そのくらい待てると思っていたところにこれだ。魔王時代の死生観そのままの、その在りようが、愛しくて恐ろしい。

続々と積み上げられる罪人たち。俺たちの馬も若手の護衛が荷車に繋いでいく。森の入り口に行くだけなら身体強化をかけて駆けて行った方が速いが、贄にするための荷物があるからな。見ただけでずっしりとした重みがわかるずた袋を持ってロドニーが戻ってきた。

「ねー、主「言うな」えー、いやだって」

「言うなって」

「……すっごい口説き文句でしたよねー。さすが奥様」

生まれ変わっても妻になるだなんて、そりゃ普通ならただの愛情表現だ。けれどアビゲイルが言うのなら意味は違ってくる。生まれ変われるのだから、その死に意味など感じていないし理解していない。

「まあ、主の心配もわかりますけどね。でも実際には森で奥様に危険がない可能性が高いこともわかってるんでしょ」

「ただの可能性だ。あれほどまで生き死にに頓着してないのに連れていけるわけないだろ」

「じゃあ、どうするん、です？　あれ……」

「いいからそっち見るな」

「見てないですけどー、やー、いや、もう、そろそろ、オレの腹もっ厳しいですよ、ね」

ちらちらとロドニーが視線を送る先には、木の陰に隠れているつもりのアビゲイルがいる。もうずっとだ！　ずっと！　細い身体は確かに隠れてるけど、覗いてるから顔が見えてるんだ！

くっそ！　連れていかないからな！

◆◆◆

護衛や騎士たちが、さっき捕まえた元補佐や領民を荷車にぐるぐる巻きのままどんどん積んでいきます。ちゃんと並べて積めばもっと積めるはずなのに、薪みたいに放り投げていってるのです。私はこっそり隙間に入ってついていこうと思って、さっきから馬車回しの周りにある木の陰から見てるのですけど、あれじゃ隙間ができない。

「……奥様」

「しーです！　しーー！」

後ろにいるタバサもちゃんと隠れられるように、一歩横に動いてもらいました。荷車は馬小屋の後ろにあった三台を出してきたようで、それぞれに元々いた馬や、うちの馬たちを繋いでいきます。一台あたりに四頭も繋いでるから、きっと馬もがんばれるとは思いますけど、あっ、三台目の荷車のあの隅っこならきっと！

「アビー、おいで」

「はい！」

こっちをちっとも見ないままで旦那様が私を呼びました！　やっぱり連れてってくれるのかもしれません！　そうでしょうそうでしょう私はお役に立てるのですから！

「竜はどのあたりを通ってきそうかわかるか？」

旦那様が広げた地図を覗き込みます。森は岩山にぐるりと囲まれていますけれど、この領主館から真っ直ぐ森に向かうと、ちょうどそのあたりはぽっかり空いているのです。竜は今もいつもいたあたりにまだいます。そこからその辺を目指すなら通るだろうところを、びしっとなぞって教えて差し上げました。遠回りしなきゃならないようなものは間にありませんし、あの子は少しだけど飛べますし。

「よし、わかった。ありがとう」

いつもと同じに旦那様がつむじに口づけてくださいました。奥様、と呼ばれて振り向くと、タバサがちょっと眉を下げて微笑んでます。

「申し訳ありません。この通り人手が足りないものですから、タバサと一緒に荷造りのお手伝いをしていただけますか」

「はい！」

タバサのお手伝い！　タバサはいっつもあっという間に一人でなんでもやっちゃうからお手伝いは初めてです！

大切なものは壊れないように、柔らかい布でくるんで木箱に入れますよって教えてもらいながらお手伝いをしました。お花の飴を飾るときのガラスフードとか旦那様とおそろいのカップとか、丁寧に箱に隙間があかないようにみっちりと。ばっちりです！　うちの荷馬車に積み込むのは御者や護衛たちがやってくれました。それにまだ着いたばかりで、そんなに荷物も解いていなかったから、いつもよりもっとあっという間にできたと思います。

なのに馬車回しに戻ったら、もう荷車も旦那様たちもみんないませんでした。

――なんてこと！

「えっと……夫人、先輩から頼まれてるんだ。そろそろ出発しなくては」

「どうぞお気をつけてください！」

旦那様は今どのあたりにいるかと森の方角を探っていましたら、第四王子がおずおずとした声をかけてきました。あ、旦那様すごい速さで森に向かってます。荷車すごい。さすが馬四頭も繋いだだけあります。

「い、いや、夫人のために護衛は残していってるけどね、うちの騎士たちも一緒の方が安心だからって……夫人、先輩はすぐに追いついてきてくれるから先にって、なんでドレスまくるの⁉」

「お、奥様いけませんっ」

スカートの裾をぐいっと両手でたくし上げて持った瞬間に、ぴょんと飛びついてきたタバサに下ろされました。

「走りにくいのです」

「追いかけるつもり⁉」

「――奥様、主様はお強いですから、すぐに追いついてこられますよ」

戻ってくるときは騎乗してきますし、とタバサは言うのですけど。

「夫人、僕は詳しく聞いていないけれど、先輩はスタンピードを少しでも遅らせるために必要なことをしに行くんだろう？　彼は戦闘力も勿論だけど、機転と判断力の高さで武功をあげたんだよ。それを信じて従おう？」

旦那様がお強いのは知ってます。信じるとかそういうことではないのです！

第四王子がそっと目配せをすると、護衛たちがじりじりと近寄ってきました。ハギスもいますけど前からついている護衛たちは五人ともいます。旦那様が連れて行ったのは新しく来た護衛二人です。ずるい。それなら私もついていっていいはずです。もう一度スカートをたくし上げようとしましたのに、タバサがしっかりと裾を掴んでしゃがんでいます。力持ち！　タバサ力持ち！

なんでしょう。とても胸がもやもやし――あ。

「奥様？」

ざざざざって、強い風が吹き抜けて屋敷の周りにたつ木々の梢が揺れて――竜がうごきはじめました。

森の入り口の方角は真っ暗闇だけれど、月と星の明かりで染まった空は旦那様の色。目をこらしていると、ドレスの裾を掴んでいたタバサの手が優しく私の指先を包みました。

あの子は少しだけ飛ぶことはできますけれど、走ったほうが速いのです。あれは走っているに違いないです。ぐんぐんと森と領都の境目に向かっている。

「夫人……？」

旦那様たちも速い。私も魔法とかいっぱい使って走れば速いはずですけど。

でも、まにあわない。

「奥様、主の命です。どうぞこちらに――っ⁉」

護衛たちが伸ばしてきた手の下を潜り抜けます。

「奥様っ‼」

タバサの手から指を抜いて。

ドレスの裾を両腕で抱え込んで。

梢の鳴る音がどんどんつよくなっていく。

ごう、ごう、と、竜のなきごえに似ていく。

屋敷を回り込んで。

裏庭を駆け抜けて。

森にはいったにんげんが、魔物にやっつけられるのはしかたがない。

むらであばれた魔物がやっつけられるのもしかたがない。

魔王がむらびとのおねがいをきいたのはまちがいでした。

しかたがないことをしかたがないとしなかったから。

だから魔王はたくさんのにんげんにやっつけられてしまったのです。


——だけど私は今にんげんなので！


「奥様ぁぁぁぁ！」

「えっ、ちょ！　なに！」

ひときわ騒々しく揺れる桑の木に飛びついて。

ちょうどいいとこの枝を掴んで。

がっと幹を踏みつけて。

ぐいっと身体を引っ張り上げては次の枝を掴んで幹を踏みつけて。

旦那様が向かった森の入り口あたりから空に向かって、色とりどりの光の粒が吹き上がるのが見えました。桑の木の根元にタバサがすがりついています。あっ、第四王子もいる、から！

おとうとしまでいつも登って桑の実を食べていた枝を、両足でしっかり踏みしめて。

おおきくいきをすいこんで。

ぐんぐんぐるぐる魔力をまわして。

竜のなきごえよりずっとつよくはげしく、桑の木もどんぐりの木もその身をうちふるわせ。

「〃切り裂、あっ、こらーーーーー！」

◆◆◆

領民の数が少ないにもかかわらず、同程度の規模の他領よりも繁栄していたロングハースト領都は、森への入り口に向かう道まで整備されていた。豊かな農地と鉱山があるため、わざわざ森に足を踏み入れて狩りなどをする領民はあまりいないと報告されていたが、それ以外の目的で利用されることはあったのかもしれない。

馬四頭が全速で引いている割りに荷車の衝撃は少ない。他の二台を護衛二人にそれぞれ任せ、俺はロドニーが座る御者台に背を向けて積み上がった供物に片足を乗せた。くぐもった音を立てたそれは身じろいだけれど、下敷きになっているものはとっくに静かになっている。数人分の重さを勢いよく投げ重ねられれば、そうもなるだろう。

「思ったより早く着きそうですねー」

目指すのは森の入り口。アビゲイルが指し示した、竜が出て来るであろうあたりだ。領都は森へ向かってなだらかに続く丘の中腹にある。この時間にもかかわらず館中に明かりがともされている領主館を見下ろした。

魔王がこうして村の祭りを見下ろしていた頃は、今よりもずっと周囲の明かりも少なくて、村の中心部で焚かれた火は大きく鮮やかに火の粉を散らしていたことだろう。手も足も、目も口もたくさんあったという魔王の姿を聞いてはいる。けれどもどうしたって脳裏に浮かぶ情景は、大きすぎる火は消さなくてはいけないとそわそわしながらも、金瞳を輝かせて小さく跳ねてるアビゲイルだ。

「ねー主ー、奥様さーー」

「うん？」

「腰ひも括り付けて長いサーモン・ジャーキー差してたのなんだったんでしょうねー」

「ごふっ、おまえばか思い出させるな」

いそいそと木陰から覗いてる姿だけでも笑いを堪えるのがきつかったんだぞ！　あれ本気でやってるんだからな！　笑い声をからからとあげるロドニーの背を肘で突いた。

「……っど、どこに」

足台にしていた男爵が、取り戻したばかりの意識で朦朧と呟いた。短い時間ではあったが地下室に閉じ込めていた使用人たちへの尋問で、どいつもこいつも伯爵家の私財をくすねまくっていたのはわかっている。こいつらも同様で、あてがわれていた部屋からは宝飾品や美術品が次々と見つかった。本来ならそのまま王室に没収されてしかるべきものだったのだから、こいつらのしたことは国からの横領だ。

「ちょうどいい。もうひとつ聞いておきたいことがあった」

足を下ろしてやれば、頭を持ち上げた男爵は鈍い動きで辺りを見回して向かう方角を確かめる。

「目的はどうあれアビゲイルを狙う輩の拠点、知ってる分全て吐け」

「な、なんのことだか」

「焦らす時間はないぞ。吐かなきゃ別にそれでもいい。迎え討てばいいだけだからな。ただまあ、態度によってはこの後の状況が変わるかもしれんな？」

「状、況？」

「お前らの行いで森に棲む竜がお怒りだそうだ。怒りを鎮めるのに供物を捧げるのは、昔からどこでもよくあることだろう？」

「——っまさか、そ、そんな」

俺の背後に森を見つけたのだろう男爵が息を呑んだ。なかなかに察しがいい。見通しのよかった緩やかな坂道の両側が、鬱蒼と闇を抱える樹々に塞がれていく。馬車一台分の幅がある道は、まだもう少し先まで拓けているはずだ。

木立を吹き抜ける風は甲高い笛の音を立て、それに呼応するかのように男爵はか細い悲鳴まじりに脈絡もなく言葉を連ねていった。

「——主、そろそろ」

「は、話した、だろう、ぜ、ぜんぶ、だから」

アビゲイルが示した竜の進路にぶつかるあたりだと、ロドニーが告げる。男爵は浅く早い呼吸のまま慈悲を乞おうとするけれど、並べられた情報は大したものでもなかった。まあ、大したものであったとして何が変わるわけでもない。

「法で裁いてもらえるとでも思ったか？　——お前らが道具扱いした森に裁かれろ」

俺の合図で次々に馬は足を止めた。ロドニーと護衛たちが手分けして荷車から馬具《ハーネス》を外していく。だましたなと叫ぶ男爵の声に、意識がまだあった連中もわめき出すが、それぞれ拘束されたままの上に荷車から転げ落ちないよう網をかけてある。勿論それを外すつもりはない。荷台から一抱えのずた袋を担ぎ上げて中身を周囲にばらまいていく。供物どもがちょろまかしていた宝飾品だ。できることならば竜に攻撃はしたくない。

「効果ありますかねーそれー」

「光り物が好きらしいしな。僅かでも気をひいてくれれば儲けもの……っ撤収！」

背中から後頭部まで総毛立った直後、空気も地面もびりびりと震え出した。目視するまでもない。強者が覇気をまき散らして向かってくる。

「う、わっ」

「くっそ、〝凍てつけ〟〝凍てつけ〟〝凍てつけ〟」

馬にまたがるも怯えて手綱をとれないと、護衛が焦り声をあげた。袋の中身を全て宙に放り投げ、それを巻き込むように氷の壁を突き立てていく。足止めがなくてはどちらにしろ逃げきれない。馬の尻を叩いて先に逃がした。

「邪魔だ！　行け！　〝照らせ〟〝照らせ〟〝照らせ〟」

ロドニーも護衛たちを追い立て、自身は詠唱しながら俺の横についた。光球が周囲にいくつも浮かび上がり、氷に閉じ込めた金銀細工が光を弾いて煌めく。

その光の向こうに夜空をさらに暗く切り取る小山のような影が、地を響かせる轟音とともに現れた。同時にロドニーと二人で荷車から距離をとりつつ繁みに飛び込む。

でかいトカゲのようでもあるが、巨躯に見合わぬ短めの前足と発達した後ろ脚はカエルのようでもある。虹に似た遊色を浮かべる白い鱗が月光を照り返し、その輪郭をなぞっている。全体的に丸みを帯びた背からは、俺の両腕を回しても届かなそうな太い尾が伸びていた。

（あれがあの踊りを）

（おまえほんとやめろ）

警鐘を鳴らす本能と根源から湧き上がる恐怖が、発作的な笑いを引き起こしそうになる。腰を低く落とし、二人でじりじりと後退していく。荷車の上の奴らはもうぴくりとも動いていない。悲鳴のひとつでもあげて気をひいてみせれば、最後に役立ったと言ってやれるものを。

突如立ちふさがった氷の壁を訝しむように、ぐるりと首を巡らせた竜の眼が荷車に留められる。ぎらぎらとした眼光は若芽の緑と深い森の緑に揺らいでいた。

ああ、金瞳ではないのだと頭の隅のどこかで呑気に思った瞬間。

破裂音とともに氷壁が散り、竜が身を捻ってその尾で周囲の古木もろとも荷車を薙ぎ払う。三台の荷車は全て木片となりながら、荷ごと森の中に叩き込まれていった。

唸りというにはあまりに甲高い、皮膚を裂くような咆哮が月に向けられる。その叫びに応えるかのように強く鳴る梢。

護衛たちはもう森から脱出できているだろう。俺たちに視線は向けられていな――ぎろりと迷いない鋭さでとらえられた。二人まとめて一口でおさまるであろうほどに開かれた口には、ずらりと二列に剣のような歯が並んでいる。

――帰ってくるための原動力ってものは待つ者への執着だよ

昔将軍にかけられた言葉がよぎり、確かにとそれを思いながら一気に魔力を練り上げた。

狙うべきはそのむき出しの喉奥。

貫けるほど硬く密度をあげた氷塊を生みだす詠唱を紡ぐ寸前。

ばたっ
ばたばたばたばたばたばた

夏の豪雨を思わせる音が降り注ぎ、竜は縫い留められたように動きを止めた。

それはどこか呆然として見える姿だけれど、きょときょとと緑眼は泳いでいる。

降り始めと同じく唐突に止む音と、途切れることなく注がれる月明かりに照らされた赤く染まる白い鱗。

名残とばかりに、ころころと地に落ち跳ねて転がるのは。

……どんぐり？

⑫ いつでもいっしょはいつまでもってことです

辺り一帯の木の幹が傾ぐくらいの強い風に飛ばされないように、桑の木の枝に足をしっかり踏ん張って幹にしがみつきました。

激しくばたつく葉擦れの音と、どんぐりや桑の実が風を切って飛んでいく音。渡り鳥が列を作って飛ぶように、川が波打ちながら流れるように、群れを成した木の実が竜のいる辺りに吸い込まれていきます。

できました！　旦那様がしてくれたのと同じ〝切り裂け〟です！

旦那様たちと竜がいる辺りを照らしていた色とりどりの光の粒はもう消えていて、真っ黒な森の影が砂みたいな星の散る夜空を切り取っています。

魔王であった頃に、いつも村を眺めていた場所でした。そのとき見つめていたのは多分ちょうど今私がいる辺りです。あの頃はまだこの桑の木もどんぐりの木もなかったと思います。一番最初においもをくれたあのちっちゃめのにんげんが住んでいた場所に、今私が立っていて、魔王がいた場所を見ているのはなんだか不思議な気がします。

おいもをくれたにんげんは、おっきくなるにつれて森にくることが少なくはなったけれど、しわしわでちっちゃくなっても魔王に会いにきてました。その子どももそうだった。その子どもの子どもも。だけどそれは今思うとあっという間だったように感じます。

にんげんはあっという間にいなくなってしまう。


竜は怒るのをやめたのがわかりました。突然どんぐりが降ってきたからびっくりしたはずです。それでいいのです。今はここに第四王子がいますから、仕返しにくるにんげんが千匹とかになっちゃいますし。

「おお奥様！　奥様！　大丈夫でござっひぃいいいいいい！　動かないでくださいませぇ！　奥様ぁ！」

タバサが叫んだので下を覗き込んだら、真っ白な顔してまだ根元にすがりついていました。もしかするとタバサは木登りができないのかもしれません。

「タバサ、右手の横にあるその枝を掴むと登るのにちょうどいいですよ」

「ぶふっ」

「違います！　下りてっ下りてくださいませ！　いえ！　いやあああ！　そのっそのままっ」

俯いたままの第四王子の肩が震えて、護衛たちはちらっと見上げては横を向いたりとうろうろしています。タバサは動かないでとか下りてとか、どっちがいいのでしょう……困りました。前にドリューウェットの領都で大きな焚火を消したときには鼻血が出たものですけれど、あの頃の私とは違います。ちゃんと旦那様から習った通りに詠唱もしましたし。ただちょっと膝が震えている気がして、上手に飛び降りれないかもしれませ――

「「「うぉわあああ‼」」」

頭の後ろがふわーっとしたと思ったら、もう足が枝から離れていました。

「あら？」

タバサがぺたぺたとあちこち撫でてさすっています。仰向けに倒れている私を、護衛たちが囲んで「うぉぉ……」って息をつきながら見下ろしていました。背中に何本も腕や手があたってますし、どうやら落ちた私を受け止めてくれたみたいです。さすがお城の人だっただけあります。

「奥様！　奥様！　ご無事ですか！」

「落ちました！　ありがとうございます！」

「よ、よかった……怪我でもされたら考えるだけで恐ろしい……」

第四王子は何故か横で座り込んで呟いてます。タバサが痛いところはないですかってうるうるしてるので、確かめようと身体を起こしてみるとあちこちが痛いです。これは筋肉痛。鼻血は出なかったのに。地面に降ろしてもらって立ち上がろうとしたら、足がぷるぷるして痛い。旦那様をお迎えに行きたいのに。ちょうど目の前で中腰になって両手を広げたまま固まっているハギスと目が合いました。

「ハギス！　おんぶして走ってください！」

「え⁉　僕⁉　やめてください！　主様に殺されます！　って、ハギス⁉」

「いやそれより早く出発するよ。君たちそのまま夫人を馬車にお連れして」

「奥様、失礼します」

義父上と同じ年くらいの護衛が、私を抱き上げました。この護衛は旦那様が小さい頃からお城にいた人だと聞いています。時々飴をくれるのです。それはいいのですけどなんで馬車？　護衛の横を小走りしながら私の手を緩く包むタバサの手を握りました。

「タバサタバサ、旦那様をお迎えに行きたいです」

「奥様……主様はすぐに追いついてこられますよ。タバサと一緒にお待ちしましょう」

「夫人、先輩は何か策があるようだったけど、それでも今はスタンピードがあると思って動かなきゃいけないよ。先輩だってそう思うから夫人のことを僕に頼んでいったのだし」

「スタンピード……そうでした！」

「——ええっ⁉　何その反応！　まさか忘れてたとかじゃないでしょ⁉」

そうでしたそうでした。旦那様は竜が来るっていうのじゃなくてスタンピードだと第四王子に説明してました。そうすると今は竜のことを言ってはいけないはずです。多分そう。もう竜は怒ってないのに。

「でもタバサ」

第四王子がいなければすぐお知らせできますのに。そうしたら旦那様をお迎えに行けます。タバサは優しく手を握り返してくれるのですけど。

「タバサタバサ、なんだかお胸がもやもやします」

「まあ！　やはりどこかぶつけたのではないですか⁉　ちょっと！　もうちょっと揺らさず！　水平に！」

「は、はいっ」

どこもぶつけてません。痛いのは筋肉痛です。ちがうのです。もやもやはずっと中のほうです。

なんでしょうこれ。静かに急いでとタバサにせきたてられた護衛が、そうっと馬車の中へと私を運び入れました。馬車の扉のへりを掴んでがんばってみます。

「ちょ、夫人、その手放そう？　ね？　案外力あるね⁉」

私の指を第四王子は開かせようとしますけどがんばります。腕痛いですけどもがんばるのです。お迎えに行けなくても、ここで待ってたほうが早くおかえりなさいをできるのですから。

「旦那様はもうこっちに向かってます。だから出発しちゃだめです」

「向かってるって……」

「奥様？」

第四王子に断りを入れて、タバサが私の口元に耳を寄せてくれます。やっぱりタバサは気がついてくれました！　もう竜来ないですよって内緒で教えられた！　でもまだもやもやは治りません。きっと旦那様が帰ってきたら治るのです。きっとそうです。タバサは一瞬だけ考え込んでからひとつ咳ばらいをして、第四王子に説明してくれています。

「――殿下。我が主が任務達成をしたようです。スタンピードは回避されたと思われます」

「なんで今それがわかるのかとかもう色々わかんないよね」

「詳細は主からお願いいたします」

旦那様がこっちに向かってきているのがわかります。さっきよりもずっと速いので馬に乗ってるのでしょう。私はまだ馬に乗せてもらったことないです。腰で結んだ紐に差したサーモン・ジャーキーを抜いて、端っこを口にいれました。

「いやいやいや……もしかして夫人って何かすごい天恵あったりする？　さっきの風魔法だって」

「詳細は主からお願いいたします」

「ねえ、夫人、さっきって、え、おやつはじまった⁉」

私がサーモン・ジャーキー食べてるのに、第四王子はいつまでもうるさい。ちょっとお勉強が足りないと思います。ポケットに入れていた小さいほうのサーモン・ジャーキーを第四王子のお口にいれてあげました。

◆◆◆

ついさっきまで強く森を揺らしていた強い風はぱたりとやんで、何事もなかったかのように月の光は静かに落ちている。

竜は舞台の主役ばりの風情で月を見上げていたかと思うと、おもむろに前足を地につけた。白い鱗を赤く染めたのは、あれは、うん、桑の実なんだろうな……。すっかり覇気は薄れて、なんならしょぼくれてさえ見える。俺たちにも興味を失ったのは明らかだ。逃げるなら今だと思う。

（……主？）

ロドニーも裾をひいている。わかってる。あれはアビゲイルがやらかしたに違いない。どれほどの魔法を使ったのかと思うと、すぐさま戻って体調を確認したくてたまらない。そのつもりで踵は返したんだ。だけど何の気なしに振り向いて見てしまった光景に足が止まった。

地面に落ちたどんぐりをかき集めて短い両前足で持ち抱え、一歩進んではまたさらに拾い上げようとかがんで、持っていたどんぐりをとりこぼし、それをまたかき集めて、を延々と繰り返している竜。

俺の視線の先に気づいたロドニーが勢いよくしゃがみこむ。あああ！　もう！

指笛を鳴らし呼び戻した馬で、一気に街中を駆け抜け領主館を目指す。森を出たところで行きつ戻りつしていた護衛とも合流していた。まだ若い奴ら故の迷いを頭ごなしに叱るのもどうかとは思うが、落ち着いたら鍛え直す必要はあるだろう。現に後方で遅れがちだ。先に行くと合図を出して速度を上げる。

「もー、急ぎたいくせに竜の手伝いなんてするからー」

「……すぐだっただろ」

問題なくついてくるロドニーに茶化されるけれど、あれは本当に仕方ないだろう……。距離を保ったままではあるが、風魔法でさくっとまとめたどんぐりをずた袋に入れてやった。別に仲良くないとアビゲイルは言ってたが、どう考えても竜の方はそう思ってないぞ多分。

夜明けまでにはまだもう少しかかるといったところだけれど、どの家も扉を固く閉ざしたままながら窓から薄く漏れる灯りで息をひそめていることが窺える。その灯りの多さに、やはりこの領民に慈悲はいらんなと改めて思う。何が起きてるか明確にわからなくても、何かが起きている心当たりがあるからこその挙動だ。大体地域ぐるみでよそ者を受け付けずにいて、王城が出張ってきた今がある。

アビゲイルは無事だろうかと気ばかりが急く。前に鼻血を出した時よりもずっと体力もついているし、ひどいことにはなっていないはずだけれど、なんだあのどんぐりは。何がどうしてああなるのかわからん。季節じゃないとかもうそれ以前の話だ。ああ、だけどきっと俺の小鳥はまたなんでわからないのかわからないって顔をするのに決まっている。

「旦那様！」

領主館前に停めた馬車の開いた扉から飛び出してきたアビゲイルの足取りはふらついていた。馬をロドニーに任せて駆け寄り、転ぶ寸前のところを抱きとめる。ここを出た時の服と変わっていないから鼻血も出してはいないはず。

「魔法を使ったな？　顔をよく見せ――――え？」

両の頬を包んで仰向かせようとした俺の手をぎゅっと両手で掴んだアビゲイルは、可愛らしいしわを眉間につくって俺を真っ直ぐに見上げた。は？　なんでつむじに手を置かせる？

「アビー？　やっぱりどこか痛いのか？」

「痛いです！　痛いですけど！　そうじゃないのです！」

滅多にすることのない不機嫌な顔で痛みのせいじゃないと言うが、だったらなんだ。いや痛いのは駄目だろう！

「痛いのか！　どこだ！」

「ちがいます！」

抱き上げようにもアビゲイルはつむじの上に乗せさせた俺の手を離さない。自分自身、何がどうなのかわからないような顔をしたまま、だんっと片足で地面を叩いた。

「痛い！　旦那様私を忘れていきました！」

「……は？」

「ぶふぉ」

「タバサのお手伝いして！　痛い！　戻ったら！　もう旦那様いませんでした！　痛い！」

だん！　だん！　と足を踏み鳴らすたびに痛いと叫ぶ。何をしてるんだ。まさかこれ怒ってるのか。すねたことはあっても怒るってのは初めてのことだ。……もしかして自分でも持て余してるのか。

馬の首に抱き着いて震えてるロドニーは論外としても、タバサまで口元に手を当てて視線を合わせてこない。

「アビー、アビー、忘れてない。忘れてないけど」

「いませんでした！」

「うん！　俺が悪かった！　すまん！　悪かったから、痛いんだろう？　やめよう？　な？」

俯くアビゲイルの顔をかがんで覗き込むと、やっと俺の肩口に額を預けてきてくれた。そのまま抱き上げれば、ぐりぐり頭を肩に押し付けて。

「旦那様は私をおいてっちゃだめです」

俺の首に両腕をまわして、きゅうとしがみついてくる。

「——っうん、ごめん。すまなかった」


ほんとこれだから油断ならん！　俺の小鳥はこうしていつもいつも心臓を握りつぶしに来る！

背中をさすり額や頬に口づけを落としているうちに、すぴすぴと寝息が聞こえてきた。こんな夜更かししたことがないもんな……。しっかりと抱きかかえなおし、つややかな赤髪の感触を頬で確かめていたら、所在無げな顔をした殿下と目が合った。

「えーっと、先輩、もういい？」

「……なんでサーモン・ジャーキー食べてるんですか」

「なんでだろうね……」

なにやってんだこの王子。

◆◆◆

目が覚めたら朝ごはんの時間でした。旦那様におかえりなさいをしたのは夜明け前でしたので、ちょっとしか眠ってないと思いましたけど、丸一日眠っていたからだったみたいです。道理で随分すっきりしていました。筋肉痛だってもうあんまりありません。元気です。

森に捨ててきたにんげんの中には屋敷の料理人や使用人がいたらしく、朝ごはんは陽だまり亭の料理人を呼んで作ってもらったそうです。飲食店としては領で一番税を納めていた食堂なのに普通でした。だからでしょうか。第四王子はお残ししてました。さくらんぼは美味しいですよって教えて差し上げたら分けてくれたので、もしかしてちょっといいひとかもしれません。お城の人ですし。でも旦那様は気のせいだって言ってました。

私たちは今森の泉に向かっています。旦那様とロドニーや護衛たちとです。第四王子はじっと私を見てから「僕もう森はいいや……昨日見てきたし、なんか僕は見ない方がいいものな気がびしびしとする」と言って、ついてきませんでした。誘ってないですのに。

「そっちですそっち！　そう！」

昔ついていた細いけもの道はもうありません。けものというか魔王がつけていた道なので。だから先を行く護衛たちに枝や草を切り払ってもらいながら進みます。ワンピースはひらひらしてますけど、フードのついたショートマントで押さえてるし、ワンピースの下に長いパンツと膝までのブーツを履いているから歩きやすい。

泉はさほど森の奥ではありません。強い魔物も滅多に来ませんし。あ、きのこ。ただ周りに迷わせの草が生えてるのでにんげんはあまりたどり着けないのです。勿論今は私が道案内してるので大丈夫。

「奥様、このきのこ……」

「ぴかぴかですから！」

ロドニーが持ってる袋に拾ったりもいだりしたものを入れていってるのですけど、そのたびにロドニーがどうしようって顔をします。牛と羊はおっきかったからどっちかしか選べなかった。なのでちっちゃいのならたくさんイーサンのお土産にちょうどいいと私は気づいたのです。蛇の抜け殻もぽいっと入れたら、うぉって言いました。なんで。

「奥様!?」

「いい毛の生えた蛇なのでイーサンの帽子にできます」

イーサンは帽子が好きなのです。冬は特にあったかくしたいって言ってました。

「普通、蛇に毛はないんですよねえええ」

「……アビー、それ食べない」

手を繋いで横を歩く旦那様を見上げるとにっこりして、繋いでないほうの手を止められます。

苦い葉っぱ。これはサクサクした歯触りが気持ちよくて魔王のときはお散歩しながら齧ってたものです。ついうっかりしました。人間は魔王よりも苦いのが苦く感じちゃうのに。葉っぱの代わりにちょうどいい枝を持って、脇の草を払いながら歩きます。あ！　あれは！

「旦那様旦那様！　ほらこれ！」

「――っれは」

「きっとイーサンにぴったりです！」

おっきな角が生えてる泥蝸牛の頭の骨！　ぴかぴかでつよそうな帽子です！

「う……っわ」

誰かがため息のように声をこぼしました。鬱蒼とした森の中から突然開けた場所で、空と雲の色を映し込んだ泉が目の裏に刺さるほど明るい陽射しを受けてきらきらしています。この泉の底は白い砂と小石でいっぱいなのが透けてるのですが、周りの葉っぱの色が混じっているようにも見える色なのです。

護衛たちは泉の周りに散らばって行き、その中心あたりでロドニーが小石を均してシートを敷きます。お昼ごはんのサンドイッチも陽だまり亭の料理人に作ってもらったものです。

「……アビー、それ重くないのか」

「重くなってきました！」

「そうか……しまおうなー」

「はい！」

泥蝸牛の帽子は私にはちょっと大きかった。前が見づらいですし。帽子をぬいでロドニーのお土産袋に入れてもらってから、旦那様と手を繋いで泉のほとりを歩きます。ころんころんとした小さくて丸い真っ白な石は、踏みしめるとしゃらしゃらと涼しい音を立てました。海ほどではありませんが、泉だって波が寄せます。ちゃぷちゃぷと小さな水しぶきをあげる波頭の白い光の合間に、違う色の光を見つけました。

「あ！　あった！　ありました！」

「あっこら！」

旦那様の手から離れて駆け寄って、その光を拾い上げます。足首まで泉に浸かってしまったところを、追いついた旦那様に両脇を掴んで持ち上げられました。ワンピースの裾はちょっと濡れちゃいましたけど、膝まであるブーツだから平気。

「旦那様旦那様！　これ！　これ！」

「お、おう？」

旦那様は私を持ち上げたまま、波の届かないところに戻っておろしてくださいました。いつも下げている旦那様色の石の首飾りを片手ですぽっと外して、高く持ち上げます。

ゆらゆらと輝く若い葉っぱの緑が混じる空色は、旦那様の瞳が明るく揺らめいたときの色。泉と、石と、旦那様が並びます。

「ほら！　全部旦那様の色。同じ！」

「――っそうか。うん、アビー、冷たいだろう？　手を拭こうって、え……」

ちょっと耳の先を赤くしてにっこりしてくれた旦那様に、もう片方の手を開いて見せてあげました。今拾った金色の宝魔石です。ひとつまみくらいの大きさのそれは、日差しと水滴を濃い金に透かして中心がゆらゆらと薄い黄色に揺れています。

「え、え、え、えええええ!?」

「旦那様、私の色の石を探してるって言ってました！　ほら！　私の色です！」

「こ、これ、え？　今拾ったのか？」

「私は目がいいので！」

旦那様は私の色の石をピアスにしようかって言ってました。なかなか見つからないって。

「……君の、色だな」

「これは可愛いですか」

「ああ、君みたいに可愛くて綺麗だ。本当に俺がもらっていいのか？」

「旦那様のです。私が旦那様色の石持ってるのと同じです！　一緒！」

旦那様は耳の先だけじゃなくって、お顔も真っ赤にしてぎゅっと抱きしめてくれました。ちょっと唸ってる。だけどこれはうれしくて唸ってるのだと私は知っています。

いつでもいつまでも一緒なのが旦那様もうれしいのです！

番外編 タバサはなんでもできるからなんでもおしえてくれるのです

「母親とそんな話などしたくな、い、あ、あああああっ」

「あら……まあ」

ぽろっとこぼしてしまったご自分の言葉に、みるみるうちに顔を赤く染めた主様をおいて部屋を出ました。

奥様が嫁いで来られてから一年、ようやっと夫婦の契りを結ばれた翌日のことでございます。あれだけ大切になさっている奥様に無体などと、本気で疑っていたわけではありません。ただまあ念のためです。主様は理性的な性質ではありますけれど、反動といいましょうか、殿方というものは時にとんでもない方向へ向かっていくことがままあるものですから。

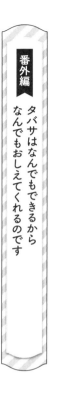

ふつふつと湧き上がる喜びに口元が緩みますが、わたくしが今進んでいるのは使用人用の廊下ですので問題はないでしょう。これまで使用人と主の一線を越えぬようわきまえたふるまいを肝に銘じつつも、心のうちでだけは実の息子のロドニーと同じく愛しい息子と思うことを、自らに許しておりました。勿論敬愛するカトリーナ《侯爵夫人》様を差し置くような心持ちではありません。ですが乳を与え寝かしつけてと過ごしていれば、これはもうどうしようもない情動であると思うのです。

主様がお生まれになってすぐに、ドリューウェット領は不作の年が続きました。その上、魔力量の多い主様を授かったことでカトリーナ様は随分と体力を落とされてしまい、主様はお母上とご一緒に過ごすことがままならなかったのです。カトリーナ様は貴族夫人であることを第一にとご自身に課してますし、生活の中で子どもを最優先にすることはできませんでした。ですが、本来は情の深い方なのです。己の子どもたちの様子を、深夜に使用人から聞くばかりのご心情は察するにあまりあります。主様はご聡明な上にあのご気性ですから、幼いながらもご不満を漏らしたことはございません。ですが子どもは実際に肌に触れる温度を欲します。ふとした時にお寂しそうな表情をされて、そのたびに使用人でしかない己の身をどれほど恨めしく思ったことか。

――それがまあ、主様のこの一年と言ったら！

わたくしはくふくふこぼれる笑いをそのままに、奥様がお目覚めになったらすぐに食事をご用意できるよう手配に向かいました。きっとのど越しのよい温かなものを喜ばれるにちがいありません。

□□□

貴族には貴族としての役割があり、貴族夫人にも貴族夫人の務めがございます。令嬢も、夫を支え家を守り血を繋ぎ、社交を行って領地経営の一助を担うべく育てられるのです。それは高位貴族になればなるほど、揺るぎのないものでした。ですが、わたくしは貴族令嬢とはいえ、貧乏男爵家のしかも三女です。特に秀でた容姿もなく、これといった才能も特技もない。持参金すらも用意できないわたくしは、当然婚約者をあてがわれることはありません。こういった令嬢は少なくなく、そういう者は高位貴族の使用人として仕えるのです。わたくしも例にもれず、縁を頼ってカトリーナ様にお仕えすることとなりました。カトリーナ様が七歳の時でございます。カトリーナ様はそのお年ですでに高位貴族の役割を自覚なさっている大変利発なお嬢様で、所作などは八歳年上のわたくしが恥ずかしくなるほどにお美しかったのをよく覚えております。カトリーナ様のおそばにふさわしくあるよう、わたくしもわたくしなりに研鑽したものです。おかげでカトリーナ様が嫁がれるドリューウェットへ、一緒に連れていく侍女のうちの一人に選ばれるくらいにはなれました。

カトリーナ様のご生家は、こう言ってはなんですが、実に高位貴族らしい高位貴族であり、それはドリューウェット侯爵家も同じでございます。結ばれた婚姻は政略的なものであり、カトリーナ様もそれを当然としてお育ちになっております。ただその一方で、ひそかに市井で流行の恋愛小説を胸に抱え、うっとりとため息をつくような娘らしさもお持ちでした。それはわたくしどものような古くから仕える侍女にしか見せないお姿ではありましたけれど。

……なのに御夫君であるウォーレス様の野暮天ぶりときたら！　ええ、ええ、確かにまだ爵位を継いでいないとはいえ、侯爵家の嫡男として実直にお勤めなさっておいでではありました。時期も悪うございました。ご結婚されてすぐに先代が急な病に倒れ、引継ぎに忙殺される毎日ではありました。ですがいくら才に長けたカトリーナ様とはいえ、嫁いで間もない十六の娘が花の一本も贈られないまま、侯爵夫人としての家政に努めるばかりの生活など！　先代はその数年前に奥方を亡くされており、カトリーナ様は侯爵夫人としての役割をすぐに求められたのです。正直わたくしどもから見て、ウォーレス様はカトリーナ様にべた惚れではありました。ですがそれを全く伝えられないのです。目もろくに合わせられないのですから。忙しさにかまけ、いつしか仮面夫婦のような生活になってしまったのは自業自得というものです。まあこのあたりはウォーレス様に長く仕えていたイーサンから見える光景とは少し違うようで、たまに言い争ったこともありました。たまにですけれど。

「タバサ、あなた結婚したいかしら」

「――は？」

ご長男のスチュアート様をご出産されてしばらくしてから、カトリーナ様に問われました。それはまあ頑なに拒むようなことでもございませんし？　侍女の野望として乳母になるという道もなかなか捨てがたいものでもあります。ドリューウェットに来てすぐの頃、家令からも乳母にならないかと打診されましたし。ですがこればっかりはお相手が必要なことというもの。その時も同じにお答えしたのですが。

「ほらあなたが乳母候補にって話もあったのでしょう？」

「ええ、まあ。ですが」

「いいえ、勧めるんじゃなくてね。乳母になるためだけというなら無理に結婚しなくてもいいのよって。あなたはほら、好きな殿方と結婚するという道を選べるのだから。ね？」

貴族令嬢はお家のために嫁ぐもので、貴族の義務だと教え込まれて育ちます。ですが、それは貴族の特権を享受しているからこそのこと。わたくしのように持参金も持てない娘は庇護されない代わりに、自ら縁を選ぶことも可能なのだとカトリーナ様はおっしゃいました。あなたは選べるのだから選びなさいと、ご生家に恋愛小説は全て置いてきたカトリーナ様がそうおっしゃるのです。ええ、自ら縁を掴んで乳母になってみせましょう。そしてカトリーナ様に寄り添いましょうと決めた瞬間でございました。

長子のスチュアート様には、イーサンの兄夫婦が側仕えと乳母としてついております。わたくしがイーサンと縁づいたのは、打算がないわけではありませんでした。イーサンの一族は代々ドリューウェット侯爵家に家令や執事として仕えておりましたし、時期さえ合えば次のお子の乳母になれるであろうと。ただまあ、情を寄せたからという理由もちゃんとございます。一応。縁が上手いことかみ合って、たまたま当初の目論見通りに収まったのです。

ロドニーも主様と相性がよかったのもあるのか、我が子ながらしっかりとよくお仕えできるように育ちました。ですが、主様は王都での社交生活の中で色々と、そう色々とあったようで見事な女性嫌いになってしまわれて。これは本当にやきもきし続けたものです。それは当然といいますか、わたくしなどよりずっとカトリーナ様の心痛であったことでしょう。主様が爵位を授かりノエル家を興した際に、わたくしどもコフィ家についていってほしいと願われたのですから。コフィ家にとっては主を替えることになりますが、これもまたドリューウェット家ならびにカトリーナ様に寄り添う形です。否やはありません。

そして数年がたち、奥様がお嫁入りされたのです。

「ねえ、タバサ」

当初は自由すぎる奥様によかれと厳しく指導していたカトリーナ様が、わたくしが初めてドリューウェットの城に滞在する奥様のために食事の量などを差配しているところにいらして、戸惑い顔でおっしゃいました。

「なんというか、こう、色々と型にはまることばかりでなくともよいのだわって気になるわよね。あの子」

「くふぅっ」

堪えきれずに腹を押さえてしまったのは、わたくし自身もいつの間にか奥様の影響を大きく受けていたのではないかと、ええ、そう思います。おそらく。

□□□

使用人にも使用人の情報網というものがございまして、ドリューウェットやノエルではあり得ませんが、待遇の悪い貴族家にはそれなりの使用人しかつかぬもの。そしてそのような家の主一家は眉を顰めざるを得ない方々ですから、使用人の口はますます軽くなるのです。ですから後妻を迎えて先妻の子どもが冷遇される話など、それはもうよく聞こえてくる醜聞のうちのひとつです。けして珍しい話ではありません。ただ、奥様の場合は「それにしたって……？」とほんの少しばかり首を傾げることが多くございました。

それは先触れもなくノエル家の玄関扉を自らノックなさったあの夜から、何日も傾げっぱなしだったといってもよいでしょう。

奥様は元気よく、ええそれはもう元気よく名乗りをあげられました。

「こんばんは！　アビゲイル・ロングハーストです！　ロングハースト領からノエル家の妻になりに来ました！」

サイズの合わない古びたドレス。艶のない赤髪は毛先がぼさぼさと絡まっていて伸ばしっぱなし。小枝のように細い手足で頬もこけ、それなのに目ばかりが大きく輝いているというどこか不釣り合いな危うさ。

家政婦長兼侍女長であるわたくしは、采配することはあっても湯あみなどはメイドに任せる予定でした。ですが思わずお身体に傷がないか確認のために立ち会ってしまうくらいには痛々しく。それでも目に見える傷跡などがなくてほっとしたものです。

「わあ、タバサの手はしっとりしてやわやわです。あったかい……」

翌日寝込まれた奥様の小さな手に軟膏をすりこみながらマッサージをすると、最初は何をしているのかと瞬いていた金色の瞳がゆっくりと和らいでいきます。ささくれとひび割れのひどい皮と骨ばかりの指から力が抜けていきました。爪まで縦に筋が入っていて、栄養状態の悪さについ出そうになるため息を飲み込みます。洗濯女だとて、もう少し手入れをしてますでしょうに。

「これがにんげんの肌……きもちいい……」

うっとりと呟かれた言葉のニュアンスにひっかかりながらも、同時に人肌を全くご存知ないとはどういうことなのかと苛立たしく、必ず髪も肌も磨いてみせましょうと使命感が湧きあがりました。

「ミルクの味します！　ほわってていい匂いはなんでしょう。虫で「リゾットですよ」リゾット！」

はふはふと食事を進める奥様の適量を見定めます。美味しいですとベッドテーブルの下で小さく足をぱたつかせる姿は、ロドニーや主様が幼い頃にもしていた仕草だったと懐かしく思い出しました。しかし虫かと思ったのに、何故躊躇いがないのでしょうか……。

「おさんぽ？　お庭出ていいのですか」

少しずつ食事の量を増やしながら胃を整えて、そろそろ身体を動かし始めてもいいとの医者の指示に従い庭の散歩を提案すると、そんな言葉が返ってまいりました。一日三食も温かいごはんがと当たり前のことに感動されていたことといい、食事もろくに与えない上に幽閉状態だったのかと、またロングハーストの仕打ちを数えあげます。これは当然報告して、報復の機会がきた時に備えることとしましょう。もうこの頃には、主様もすっかり奥様に絆されておりました。柔らかな陽射しに目を細めてらしたので奥様は外歩きをお好みだと報告をあげれば、主様は庭師に奥様の好みに合わせるようすぐに指示なさったのです。

「タバサタバサ、私お掃除上手ですよ」

ごはんをもらった分は働くのだという奥様の手からモップをとりあげれば、無表情なりにしっかりとそう主張なさいます。発言の内容はともかく、冷遇された子どもにありがちな委縮は全く見られません。むしろ声音は得意げですらあります。

「タバサタバサ、今日は旦那様がてっぺんの苺をくれました。丸ごとです。もしかしてとてもいいひとです！」

主様は父親譲りの生真面目さと堅物さで周囲の人間を遠ざけがちではありますが、幼い頃から優しく面倒見のよい一面がおありでした。初日こそ、その生真面目さが完全に裏目に出た愚行をなさいましたが、幸い奥様はそれもどうかと思うくらいにお気にされていません。このまま仲を深めていただければと、いえ、ちょっとその良い人判定の仕方はどうにかする必要があります。どうもすぐに微笑ましくなって受け入れてしまいそうになるのがいけませんね。

質はともかく家庭教師から令嬢教育は受けていたとのことで、所作はおきれいですし言葉遣いも丁寧でいらっしゃいます。けれど、どこかぎこちないというのか幼いというのか、そもそも発言内容に令嬢らしさがないというのか。おそらくこれは人との会話そのものに慣れていないせいであろうことが窺えました。いえ、根本的原因はそこだけではないのもわかっておりますが、大きな要因ではあるでしょう。貴族の会話術は言葉遣いのみならず、話題の選択からその視線の動き、会話の間における機微の妙などにわたります。平民であれどそういったものはございますが、貴族の洗練されたそれらはどうしたって実践でしか身につくことはありません。無表情なのも顔の筋肉を動かし慣れてないため。ですが珍しい金色の瞳の輝きとたどたどしいながらも弾む声音で、奥様の中では感情が豊かに波打ってるのがわかります。声音だけではありません。

「奥様」

「！」

ブラマンジェをじっと見つめながら椅子の上で小さく弾んでいるのを窘めましたら、慌てて背筋を伸ばして足を揃えられました。主様は素早く顔をそむけ肩を震わせています。ロドニーは……もう少し堪えるよう後で指導しなおさなくては。

奥様は基本的に食事を選り好みなさいません。ですがやはり特にお好きなものはございます。野菜よりは肉を、シンプルに焼いたステーキよりは時間をかけて煮込んだシチューを、ああ、ですが熟成肉のステーキは大変お気に召していらっしゃいました。酸味と辛味は控えめならばお好みですが、強すぎるものは受け付けないご様子。そして甘味。これはうっかりリクエストに応えますと食べ過ぎてしまわれますので、お出しする量の見極めは慎重にせねばなりません。庭師と料理長が要注意です。先日も味見だのおすそ分けだのなんだのと！　わたくしが目を離した隙に！　奥様に召し上がっていただいたら必ず報告するよう周知徹底いたしました。

「自由に読んでいいのですか！」

ドリューウェットの城には遠く及びませんが、この屋敷の図書室にもそれなりの蔵書がありま す。主様ご自身も勉強家ですし、使用人にも開放してくださってるくらいに自ら努力する者に寛容なのがドリューウェットの流儀ですから。

「これは、読んだことある、これも、読んだことある、あ！　これは知らない！」

ぴょんぴょんと棚の間を跳ねながら背表紙を確認していく奥様が選ぶ本は、美しい装丁のものばかりです。

「ぴかぴかです！」

積み上げてはぱらぱらと眺めるように読んでいかれますが、驚くことにそれだけで一言一句違えずに暗記されていらっしゃいました。すらすらと国史や詩編を暗唱してみせる奥様ですが、何度も読み返す一番のお気に入りは色鮮やかな図絵が入った動物・植物図鑑です。

一人で持ち上げることもできない分厚く大きなそれを、お昼寝前にうとうとしながら眺め続けていらしたので、お読みしましょうかと申し出てしまいました。読み聞かせするような年頃の子どもではありませんのに。

奥様は一瞬小さく口を開けたままぽかんとされてから、あっと声をあげられました。

「旦那様が！　この間旦那様が！　お小さいときにはタバサに読んでもらったって言ってまし

た！」

そう言われて初めて、ついお声がけしてしまったのは、まさに主様やロドニーに読み聞かせをして寝かしつけていた頃を思い出したからだと気がつきました。少し気恥ずかしい思いを押し隠して、いそいそとベッドに入る奥様の枕元に椅子を置き、大きな図鑑を膝に立てて開きます。

……図鑑を読み聞かせ？　どこを？　と開いて思い至りましたが、期待に輝く瞳を裏切ることなどできません。描かれている絵ひとつひとつについている説明文を読み上げることとします。

「タバサのこえは、きもちいい」

旦那様の言ってた通りですと呟いて、すとんと眠りに落ちた奥様の口元はほんの僅かですが緩やかに口角が上がっていました。二ページ目の途中のことでございます。


体力もかなりついてきた頃、日課の散歩のほかにダンスの練習も週一度加えることとなりました。主様の意向で社交は行う予定がありませんが、嗜みとして学んでおいて損はありません。それに奥様は体を動かすことが存外お好きなご様子でしたから。

「君は運動神経がなかなかいいな」

「はい！」

ステップを一目見ただけで習得してしまう奥様に、主様も楽し気にリードをされています。ロドニーは時折「キレがイイぃー」と腹を押さえていますが、優雅さはこれから身につければよろしいのです。ダンスは体力の消耗が見た目よりも激しいですし、ゆっくりと少しずつ――。

「ぉぉーぉ……」

興がのったのか、主様が奥様を高く持ち上げ、ぐるりとターンされました。奥様はぱちぱちと瞬いた後に目を輝かせ感嘆の声をあげられます。ロドニーが横でむせましたので、奥様方から見えない角度で尻を叩きました。本当にこの子は最近こらえ性がありません。不甲斐ない！　そうは思いつつ、ここ最近の主様の屈託のない笑顔は、幼い頃にロドニーと駆け回っていた姿を思い起こさせ、わたくしも口元が緩みがちではあります。実に楽し気で結構――。

「旦那様！　もっと！　旦那様くるくるって今の！　もっとです！」

「ははっそうか！　もっとか！」

……。

「旦那様！　もう一回！　もう一回です！」

「おう！」

…………？

「すごいです！　旦那様すごい！　……もう、いっかいで」

「任せろ「お待ちください！　坊ちゃま！　坊ちゃまお待ちください！　酔ってます！　奥様酔われてます！」えっ、わーー！　アビゲイルどうした！」

どうしたじゃありません！　奥様はご自分の体調に少々鈍くていらっしゃるのですから！

目を回された奥様を寝かしつけてから、強請られたことに全て応えればいいというものではないと、しっかり諭させていただきました。

□□□

我が奥様はいつだって愛らしく、幼子のように奔放で。感情があまりわかりやすく表情に出ない分、全身で喜んだり楽しんだりなさいます。それは主様の頑なともいえる生真面目さに、柔軟さが加わるほどにお可愛らしいものです。若干、いえ、幾分か行きすぎな面もないとはいえませんが、夫婦円満に勝るものもありませんでしょうし。

魔王時代やロングハースト時代の出来事は漏れ聞く都度ひどく胸が痛みますが、奥様ご本人は何の蟠《わだかま》りも抱えておられません。そのことがまたなおのことわたくしどもの憤りを積もらせるものの、それはこちらの手前勝手な感情でございます。奥様は奥様の在り様のままお過ごしいただくのが何よりと、そうわきまえております。ですが。

「だって私は強いですし。それにもしこの身体が死んでも、今度はがんばってすぐ人間に生まれます」

「――は？」

「そうしたら旦那様のとこに行きますので、また妻にしてください」

突拍子もないことを話し出すのがいつもの奥様です。

ですが、これはないでしょう。これはないではありませんか。タバサタバサと、嬉しそうに楽しそうに過ごされていたではありませんか。

旦那様も義父上も義母上も、タバサもイーサンもロドニーも、私の家族が痛いのや死んじゃうのは駄目なのですとおっしゃっていたではありませんか。


人の上に立つ者は、自らのことを後回しにしがちではあります。あの収穫祭で魔物寄せが焚かれそうになった間際、カトリーナ様が避難せず領民の安全を優先した時のように。奥様がふいに見せるお顔もそうなのだとは思っておりました。

風や雲の動きを、空や森で生きるものたちを、生きとし生けるものたち全てが従う理を、平坦な声音で語る奥様はまるでわたくしどもとは違う階層から世界を見下ろすかのようで。

下にいるのが人ではなくとも、確かに王者といえる様《さま》でありました。

だからこそ取るに足らないことで怒ったり恨んだりしないのであろうと思わせるそれに、いつか手の届かないところに還ってしまわれるような不安を覚えたものです。


あの収穫祭で夜空を焼くほどに高く燃え上がる炎を一瞬で消したお姿を、主様はご覧になっておりません。

それでもふとした拍子に慌てて抱き寄せるのは、主様にもわたくしと同じような焦燥があるからなのでしょう。

そして今またこうして、どんなに手を伸ばしても届かないほど高くにある桑の木の枝に立つ奥様は、あの時と同じお姿です。

凛と背すじを伸ばし。
遠いどこかを揺らめく金の瞳で見つめて。
夜空に浮かぶ月のような淡い光を全身に纏い。
鮮やかな赤髪はゆっくりと踊り始め。

どうしたらわかっていただけるでしょう。たとえ生まれ変わるのだとしても、一瞬たりとも痛い思いなどしてほしくないのだということを、奥様が今の奥様のままであられることを、何をひきかえにしてもと望む者がいることをどうしたら。

「〝切り裂、あっ、こらーーーーー！」

奥様……詠唱、できてません――――っ！

□□□

ロングハーストから王都のノエル邸に帰り着いて二週間ほどとなります。もう風が肌寒さをはらむこともなく、初夏の陽射しを和らげるガーデンパラソルの下で奥様にレース編みをお教えしておりました。

ステラ様のご出産祝いに赤子の靴下を編むのだと、まだまだ先だけれど今から練習するのですと意気込んで宣言されたのです。どこから聞いてきたのかごく普通の贈り物を選ばれたことに、一瞬だけ戸惑ってしまったのは誰にも見抜かれていないはずですが、「普通ですね……」と呟いたイーサンの声には迂闊にも頷いてしまいました。

何事も覚えのよい奥様のこと、すぐに手順良くレース針をリズミカルに踊らせ始め、わたくしも一緒に涎掛け《スタイ》の縁飾りでもと手元の針を糸にくぐらせます。

穏やかで静かなひとときに、小鳥の軽やかな囀りや囁き声のような葉擦れの音が時折色をそえておりました。

あの魔王の森から息を切らして駆け戻った主様に、自分を置いて行っては駄目なのだと痛む足を踏み鳴らした奥様。ご自身の衝動の正体がわからず、どう表現したらいいのかもどかしいのだと、わたくしにはそう見えたのです。けして饒舌な性質ではない主様が、何度も「ごめん」と繰り返しては愛し気に口づけを繰り返して抱きしめるお姿に、胸のつかえが消えました。

思い出すたび、つい口元が緩んでしまいます。

カトリーナ様。

侯爵様に生真面目さが無駄に似すぎていると貴女様がご心配されていたジェラルド様は、唯一の宝玉を得て心豊かに過ごされております。

幼さがいつか心無い誰かに傷つけられるのではないかと貴女様が案じていたアビゲイル様は、無垢さはそのままにやわらかく強かな花をほころばせております。

きっとこのままゆっくりとお二人に合った歩調で寄り添い進まれることでしょう。

その道が光差すものであれと、わたくしどもコフィ家がお支えし見守り続けましょう。ええ、カトリーナ様、貴女様がわたくしにこの道を選ばせてくださったのです。


「タバサ……ぐるぐるに……」

途方に暮れたような頼りない声に顔をあげると、両こぶしに白い綿のレース糸を肌が見えないほど絡ませた奥様と目が合いました。何故に両こぶし。いつの間にそこまで。


きっとまた秋にドリューウェットでお会いできることと思います。その時はまた、カトリーナ様がどれほど喜ばしく幸福に満ちたものをわたくしに与えてくださったのか、お話しできることでしょう。

具体的には、この複雑に絡みまくったレース糸をいかに傷めず素早く解きほぐしたのかあたりなど。

あとがき

旦那様と旅行に来ています。港町のオルタから船に乗ってやってきたのです。

この国は黒髪と黒い瞳のにんげんがいっぱいいます。魔力もないしあんまりつよくなさそうです。でもいっぱいいます。いっぱいいるから見たことないごはんもいっぱいあると聞きました。

カウンターに座った私たちの目の前にどんと置かれたのはおっきなボウル。なみなみのスープにお野菜が山盛りです。……ラーメンっていうパスタと聞きましたのに、お野菜しか見えません。あ。半分のゆで卵とお肉もある。あと何でしょう。柔らかい枝っぽいのと、赤と白のくるくる模様の薄っぺらくて丸いのがあります。いっぱいの湯気は色んな匂いがして美味しそう。じっと見てたら、旦那様が小さなボウルに取り分けてくださいました。あ！　うにょうにょ！　お野菜の下から出てきたこれがラーメン！

「熱いからな。いっぱいふーして食べなさい。……冷めると増えるらしいぞ」

増えた方がいいのでは⁉

旦那様がお箸っていう二本の細い棒で、ずるずるっと音を立ててラーメンを食べました。お行儀悪くてもいいってこと！

私も試そうとしたのですけど、口までもってこれなかったのでフォークをお店の人がくれました。

練習したらちゃんとできると思いますが、のんびりしてたら増えちゃうって。増えた方がいいのでは⁉

でもいっぱいすぎても食べられなくなりますから、ちゃんとふーふーして食べ――ずるずるってできません。

「お、おう。二、三本ずつ試してみたらどうだ」

旦那様は口の中にはいっていかない分のラーメンを、くるくるっとお箸で巻いて口にいれてくれました。美味しい！　柔らかくてつるってしてもちってして美味しい！　匂いと同じに色んな味がしてお肉のスープが絡んでます！　次はちゃんとできます。フォークで三本……二本落ちましたから一本だけ、すぅっとすうっと！　ちゅるんってしたら、ぴっとおでこに何かつきました。熱い！　熱い！　ちょっと跳んでしまいましたら、旦那様が咳込みながらも慌てておでこについたのをとってくださいました。

赤と白のくるくるでした。ちっちゃいのに熱かった……。それは旦那様が食べて、くるくるは旦那様の分をもらって食べました。むにってして美味しかった！　くるくるは美味しい。ここもくるくるのまち！


――では次巻、あびー日本へ行く「食べきれないからやめなさいって言われましても」カミングスーン！

すーん！　じゃないんだわ。

いつもごひいきありがとうございます！　豆田です！

紙の価格高騰の中で「愛さないといわれましても」の二巻を出せたこと嬉しく思います。これもひとえに応援してくださった皆様のおかげ……っ！　この二巻を手に取ってくださってるということはきっと一巻もお持ちでございましょう。お持ちでないならきっと二巻の近辺とかそんくらいにありますのでどうぞまとめてお手に取ってレジへとお進みくださいまし。ありがとうございます！


さて、あとがきを書くのは初めてです。書籍デビュー作である一巻の時はどっちでもいいって選ばせてもらえまして、えへへってくねくねしながら辞退しました。だって何書いていいかわからなかったので！

まずは自己紹介？　自作紹介？　でしょうか。この「愛さないといわれましても」は、プロアマ問わずのウェブ投稿小説サイト『小説家になろう』発です。恋愛小説では流行のジャンルといいましょうか。「君を愛さない」系といわれるもので、開幕にヒーローがこのセリフを発して始まる物語。私も大好きです。

小説の下読みや新作を強請りあう創作仲間と「君を愛さない」系いいよね、いいね、書いてみちゃおっかなーなノリで生まれてきたのがアビゲイルでした。最初の千文字を書き出したときにはまだ元魔王じゃなかった。休憩しましょうとコーヒーを淹れてたら元魔王になりました。なんとなく。かわいいなって思って。当初短編のつもりがどんどん長くなって、あれよあれよという間に双葉社さんから書籍化のお話をいただいて、右も左もわからないまま、双葉社さんの担当編集キューーティＵさんや可愛いアビーを描いてくれた花染先生にわがままいいつつ今に至ります。書籍はたくさんのにんげんのちからでできている！　すごい！　しかもおかげさまでめっちゃ好評いただいてるって聞いてます。

その上なんとこの二巻の発売一か月後にはコミカライズも発売予定ですよ！　すごい！　前世の徳をこの一年で使い切った感が強すぎる。

今このあとがきを書いてる時点で、二巻の続編にあたる三章を「小説家になろう」で更新する予定ではいますが、三巻は未定です。二巻の売り上げ次第なんですって！　またアビゲイルをお届けできるといいなと願ってます。多分今世の徳がまだ余ってるはずなので大丈夫。でもきっとこのあとがきの次にある編集部とかに続刊希望のお便りがくると三巻出るんじゃないかしら！って噂を小耳にはさみました。ありがとうございます！（お礼先払いシステム）

改めまして、本書をお買い上げくださった皆様、小説家になろうで応援してくださってる皆様、担当編集キューーティＵさん、色々わがままに応えてくださる花染先生、書籍化に携わってくださった方々に感謝を。

そして、はよう！　続きをはよう！　と容赦なく追い込みながら下読みし続けてくれる友人たち、熱い感謝を捧げるのでまたネタをください。

それではまたお会いできるのを祈りつつ、ごきげんよう！

本書に対するご意見、ご感想をお寄せください。

あて先

〒162-8540 東京都新宿区東五軒町3-28
双葉社　Mノベルス f 編集部
「豆田麦先生」係／「花染なぎさ先生」係
もしくは monster@futabasha.co.jp まで

Mf ノベルス

愛《あい》さないといわれましても～元魔王《もとまおう》の伯爵令嬢《はくしゃくれいじょう》は生真面目軍人《きまじめぐんじん》に餌付《えづ》けをされて幸《しあわ》せになる～②

2023年4月11日　第1刷発行
2024年2月19日　第2刷発行

著　者　豆田《まめた》 麦《むぎ》

発行者　島野浩二

発行所　株式会社双葉社
〒162-8540　東京都新宿区東五軒町3番28号
［電話］03-5261-4818（営業）　03-5261-4851（編集）
http://www.futabasha.co.jp/（双葉社の書籍・コミック・ムックが買えます）

印刷・製本所　三晃印刷株式会社

［電話］03-5261-4822（製作部）
ISBN 978-4-575-24618-6 C0093　

Mノベルス

親から召使として扱われているマリーの誕生日パーティー、主役は……誰からも愛されるマリーの姉・アナスタジアだった。パーティーを抜け出したマリーは、偶然にも輝く緑色の瞳をしたキュロス伯爵と出会う。2人は楽しい時間を過ごすも、自分の扱われ方を思い出したマリーは彼の前から逃げ出してしまう。そんな誕生日からしばらくし、姉とキュロス伯爵の結婚が決まったのだが、贈られてきた服はどう見てもマリーのサイズで——!? 「小説家になろう」発、勘違いから始まったマリーと姉の婚約者キュロスの大人気あまあまシンデレラストーリー!

発行・株式会社　双葉社

Mノベルス

異世界で
もふもふ
なでなで
するためにがんばってます。
向日葵 ill.雀葵蘭
秋津みどり享年二十七。死因は過労。神様から能力をもらって異世界に転生しました！ 与えられたスキルは、人間以外の生物に好かれること。それ以外は平々凡々な私だけど、ハイスペックな家族に見守られつつ異世界ライフを満喫している。ファンタジーな動物たちをもふもふしたり、なでなでしたりする毎日。何やらきな臭い動きもあるけれど、神様に振り回されつつ、チートな仲間たちと一緒にがんばってます！

発行・株式会社　双葉社

Mノベルス
北の砦にて
At the northern fort new season
新しい季節
転生して、もふもふ子ギツネな雪の精霊になりました
Mikuni Tsukasa
三国司
Illust. 草中
日本で暮らす女の子が異世界に、しかも子ギツネの姿をとる雪の精霊ミルフィリアとして転生した。最初は北の砦にいる強面の騎士たちが怖かったけど、今はもう大の仲良し。母上とは雪の上で丸くなって身を隠す訓練。砦の騎士たちとは〝初対面ごっこ〟。ミルフィリアがみんなと楽しく過ごす中、国では何やら精霊が関わる事件が起きているようで……。果たしてミルフィリアは犯人を見つけることができるのか!? 読んだらきっと〝もふもふ〟したくなるほのぼのほっこり交流譚。

発行・株式会社　双葉社